Lebe das Leben, das du liebst
und liebe das Leben, das du lebst.

~ Bob Marley ~

Die kleinen Geschichten des Lebens
©2017 Uschi Börner
Herstellung und Verlag: BoD - Books on Demand, Norderstedt
ISBN 9783743142015

Bibliografische Information der Deutschen Nationalbibliothek
Die Deutsche Nationalbibliothek verzeichnet diese Publikation in der Deutschen Nationalbibliografie; detaillierte bibliografische Daten sind im Internet über http://dnb.d-nb.de abrufbar.

Bildrechte:
Titelbild: Schwalbenschwanzschmetterling von Ralf Berbuir www.bund-nrw-naturschutzstiftung.de sowie Hintergrund Depositphotos, # 95219862, Perfectfortune
Seite 27 Alpaka von Franz Trenkle www.allgaeu-alpaka.de
Seite 100 Feldhase am Wegrand, Fotolia: #18075471, Wolfgang Kruck
Seite 127 Ora Seewi, Köln
Seite 146 Waldohreulen Jungtier von Norbert und Manuela Baranski www.nmb-naturfoto.de
Alle übrigen Bilder sind von der Autorin

Cover und Layout: Manuela Wirtz, www.manuwirtz.de

Autorin
Uschi Börner
Gartenstraße 11
54579 Üxheim-Niederehe

Fon   02696-93 19 19 9
E-Mail   info@bioland-koch.de

Vorwort

Es gab eine Zeit, da hatten die Menschen Sprache. Und sie hatten Feuer. Mit Einbruch der Dunkelheit setzten sie sich am Feuer zusammen und erzählten sich Geschichten.

Und es gab eine Zeit, da hatten die Menschen einfache Häuser und Kerzen. Und abends setzten sie sich zusammen und erzählten sich Geschichten.

Heute gibt es eine Zeit, da haben die Menschen tolle Häuser mit allem Komfort, sie haben Fernsehen und Computer und Handys, aber sie erzählen sich keine Geschichten mehr.

Möge dieses Büchlein dazu beitragen, dass wir uns wieder bewusst werden, dass wir unser Leben lang Geschichten sammeln. Sie sind in uns und wir müssen sie nur erzählen.

Inhalt

Ein Huhn im Bus	6
Eine Straßenbahnfahrt	17
Kanalbau	20
La Llama	22
Kurztrip nach Südfrankreich	28
Eine Uhr mit Zeitansage	41
Eiszeit	43
Ulcus	50
Puerto Vallarta	55
Nächtliche Begegnung	59
Aufruhr in der Küche	64
Die Katzenstory	66
Sperrmüll	76
Mein Summerjam Festival	80
Ein Kaninchen kommt selten allein	94

Rote Bete Bunde	99
Der Osterhase	100
Ungeduld tut selten gut	103
Weinbergschnecke	107
Der Schwalbenschwanz-Schmetterling	109
Eine Weihnachtsgeschichte	116
Lämmer-Kuddelmuddel	121
Weiberfastnacht 2013	124
Unterwegs in Nepal	128
Amerikanische Philosophie	135
Namensfindung	136
Liliput – eine Bildergeschichte	142
Abendessen im Schlosshotel	149
Eulen	154

„Peter, weißt du eigentlich, was mir fehlt?"

„Sag es mir."

„Wir sind nun fast ein Jahr mit unserem VW-Bus unterwegs und ich liebe das Reisen. Diese phantastischen Landschaften, die netten Menschen, unsere Schlafplätze irgendwo in der Wildnis, es ist alles wunderschön. Aber zu Hause hatten wir immer Tiere und ich vermisse die Tiere. Das fällt mir wirklich schwer, ohne Tiere zu sein."

„Mmh."

Längere Zeit sagte er nichts mehr, aber ich sah, dass er überlegte.

Endlich meldete er sich wieder zu Wort.

„Was hälst du von einem Huhn?"

Ich war verblüfft.

„Nun, ich könnte aus Brettern einen Stall bauen und das Huhn könnte im Bus mitfahren. Außerdem hätten wir unsere eigenen frischen Eier. Und Hühner sind sehr nette Tiere."

Peter hatte früher auf seinem kleinen Hof etliche Nutztiere gehalten. Ich als Stadtkind war bisher nur mit Streicheltieren zusammen gekommen und dachte auch eher an Hund, Katzen oder andere Felltiere zum Streicheln und lieb haben. Aber ich erinnerte mich daran, wie er von seinem Lieblingshuhn erzählt hatte, das gerne ein Schlückchen Korn aus seinem Glas trank, um anschließend selig glucksend im Nest zu schlafen.

„Ja, warum nicht. Ich werde mich schon mit ihm anfreunden!"

In den nächsten Tagen hielten wir entlang unserer Route Ausschau nach Brettern und bald hatten wir eine kleine Auswahl gesammelt. Es reichte, um einen schönen großen Kasten zu zimmern und etwas Stroh als Einstreu hatten wir auch erstanden.

Quito, die Hauptstadt Ekuadors, näherte sich und zuerst stürmten wir zur deutschen Botschaft. An die Adressen der Deutschen Botschaften ließen wir uns unsere Post schicken, die wir nach Vorlage unserer Reisepässe ausgehändigt bekamen und dieses Mal freuten wir uns über zwölf Briefe. Es gab noch nicht die neuen Kommunikationsmöglichkeiten über Faxe, e-mails oder skype und Post über die Deutschen Botschaften jeweils in den Hauptstädten der einzelnen Länder zu erhalten war die einzige Möglichkeit, Kontakt nach Deutschland zu halten – wollte man nicht für viel Geld kurz zu Hause anrufen. Lesen war also angesagt und es war schön zu hören, was zu Hause alles passierte.

Aber am nächsten Tag drängte es uns zum Markt. Wir wollten erst einmal alle angebotenen Hühner begutachten und dann eins kaufen, aber vorher mussten wir unsere Lebensmittelvorräte auffüllen. Bananen gab es nicht wie bei uns als Paket von drei oder fünf Stück zu kaufen. Nein, hier kaufte man den ganzen Kranz einer Staude, etwa 30-40 Stück, mindestens! Während unser Verkäufer einen solchen Kranz von der Staude abschnitt, flüchtete eine dicke Spinne aus den Bananen und ich dachte, dass es schade sei, ohne unser Hühnchen Bananen zu kaufen. Das Huhn hätte diese fette Mahlzeit bestimmt nicht verschmäht!
„Los komm, lass uns jetzt endlich das Huhn kaufen." Ich wollte nicht länger warten.

In einem Teil des Marktes wurden Tiere angeboten und da lagen sie, Hühner, zu zweit oder zu dritt an den Beinen zusammen gebunden und erstaunlich ruhig in ihr Schicksal ergeben. Touristen sind wohl eher seltene Käufer in dieser Abteilung des Marktes und wir kamen gar nicht dazu, von Stand zu Stand zu gehen. Sofort hatten wir einen Verkäufer neben uns stehen, der das große Geschäft witterte. Vielleicht wollen die Gringos eine Hühnerfarm aufbauen, mag er gehofft haben, doch als wir erklärten, dass wir nur ein einziges Huhn kaufen wollten, tönte es enttäuscht „uno, solo uno?" aus seinem Mund. Dafür wollte er sich wenigstens dieses Geschäft nicht nehmen lassen und hob drei Hühner hoch. Es waren alles weiße Leghorn.

Nicht das, was wir uns vorgestellt hatten, aber ein Blick über die anderen Marktstände zeigte uns, dass es auf diesem Markt nur weiße Hühner gab. Die drei Tiere waren alle gleich groß und wir zeigten auf eins von ihnen. Natürlich hatten wir uns das größte und beste ausgesucht, das natürlich ein bisschen teurer war, denn es würde nach kurzer Zeit mit dem Legen beginnen. Der finanzielle Abschluss des Geschäftes oblag Peter. Klar. Reine Männersache. Dieses Mal ärgerte ich mich überhaupt nicht darüber, denn ich hatte das Huhn bereits gepackt und eilte damit zu unserem Auto.

„Was hast du bezahlt für unser Huhn?" Peter hatte mich eingeholt, schloss das Auto auf und wir setzten das Tier in seinen schönen neuen Stall.
„Zwölf Pesos."

Obwohl wir nach Monaten mit dem Handeln vertraut waren und uns, glaube ich, nicht ganz ungeschickt anstellten, hatte der Händler vermutlich doch noch sein gutes Geschäft gemacht. Unser Huhn war glücklich, keinen Strick mehr um seine Füße zu spüren und als erstes streckte und schüttelte es sich. Doch dann hockte es sich ängstlich in eine Ecke seiner Kiste und harrte der Dinge, die da kommen würden. Es interessierte sich nicht für das angebotene Wasser und Futter und war einfach verstört.

Wir hatten gekauft, was das Herz begehrte und verließen die

Stadt. Den Hühnerkasten stellten wir auf den Boden des Busses im hinteren Teil und banden ihn fest, damit er bei der Fahrt nicht verrutschen konnte. Peter musste fahren, denn ich musste das Huhn beobachten und vor allem mit ihm sprechen, denn zwischendurch piepste es etwas ängstlich in seinem Stall.

„Lass uns heute nicht mehr so weit fahren und bald nach einem schönen Standplatz Ausschau halten, ja?"
„Können wir machen."
„Und unser Huhn braucht einen Namen."
„Mmmh. Nenn es doch Pieper. Piepen tun sie immer."
Ich musste lachen. Also gut. Pieper.

Wir waren vielleicht 20 km hinter der Hauptstadt und suchten nach einem ruhigen Standplatz.

„Da vorne geht rechts ein Feldweg ab. Fahr mal rein und lass uns schauen, wo er hinführt."

Peter nahm das Gas zurück und langsam fuhren wir über den Feldweg. Wir hatten Glück. Er führte weg von der Hauptverkehrsstraße, vermutlich zu einem Hof oder Dorf. An einer Stelle wurde der Weg breiter und es war Platz genug, unseren Bus zu parken ohne den Weg zu versperren. Hinter dem Bus wuchs ein Eukalyptus Wäldchen und nach vorne schauten wir auf eine Wiese, während sich in der Ferne ein phantastisches Andenpanorama bot. An den sanft geschwungenen Hängen wirkten die Felder der Indios wie eine Patchwork-Decke.

„Glück gehabt. Das ist ja mal wieder ein schöner Platz!"

Wir begannen uns häuslich einzurichten. Tisch und Stühle wurden vor unserem Bus aufgestellt, der Kocher erhielt seinen Platz und bald kochte das Wasser für einen frischen Kaffee. Und

natürlich stand der Stall mit unserem Hühnchen auf der Wiese.
„Peter, du hast doch Hühner gehabt und kennst sie. Was machen wir jetzt mit unserem Pieper? Wir können doch nicht einfach den Stall öffnen, das Tier herauslassen und dann läuft es uns weg und wir können es nicht mehr einfangen und es ist weg."
„Tja, heute muss es in seinem Stall bleiben. Es muss verstehen, dass dies sein zu Hause, sein Zufluchtsort ist. Wenn es seinen Stall akzeptiert und als Zufluchtsort anerkannt hat, können wir es herauslassen."
„Schade. Es hätte bestimmt Spaß, über diese Wiese zu laufen, zu scharren und sich Futter zu suchen."
„Hilft nichts. Heute bleibt es drin!"

Hühner waren mir bis dahin unbekannte Wesen und ich akzeptierte seine Worte sofort.

Wir genossen unseren Kaffee in der Sonne, lasen, beantworteten unsere Post und immer wieder schaute ich zu Pieper und sprach beruhigend auf das Tier ein.

„Schau mal, es pickt Körner!"

Ich war völlig begeistert und aufgeregt.

„Gutes Zeichen. Es hat sich beruhigt und fängt an, sich an die Begebenheiten zu gewöhnen."

Als die Dämmerung hereinbrach, wurde es Zeit für uns, den Bus zum Schlafen umzubauen. Wir hatten etwas Leckeres gekocht, waren satt und lebten mit dem Licht bzw. der Dunkelheit. Zwar konnten wir über die Autobatterie Licht im Fahrzeug machen, doch wollten wir die Batterie nicht überstrapazieren, sie musste noch etliche Zeit halten und so hatten wir uns angewöhnt, früh schlafen zu gehen und früh wieder den neuen Tag zu beginnen. Unser Pieper musste vorn auf dem Beifahrersitz nächtigen und unter dem Stall hatten wir – vorsichtshalber – eine Plastiktüte ausgebreitet, über den Stall legten wir eine Decke, damit es schön dunkel im Stall blieb und wir nicht schon vor Sonnenaufgang geweckt werden würden. Es war auch sofort mucksmäuschenstill im Stall und unser Pieper schlief bestimmt vor uns ein. Am nächsten Morgen war uns beiden klar, dass wir diesen schönen und ruhigen Platz noch nicht wieder verlassen wollten. Uns drängte nichts und ich wollte gern meine Reiseberichte weiterschreiben. Pieper war natürlich mein Thema Nr. 1. Das Huhn pickte seine Körner, trank Wasser und schien ruhig und zufrieden. Mittags hielt ich es nicht mehr aus.

„Komm, wir lassen unser Hühnchen jetzt raus und schauen mal, was es macht."
„Gut, es kann ja nicht immer im Kasten hocken."

War das spannend.

Ich dachte, wir öffnen die Klappe und unser Pieper stürzt fluchtartig ins Freie.

Weit gefehlt. Pieper schaute interessiert nach draußen, aber es dauerte mindestens eine Stunde, bis sie einen Schritt vor den Stall machte. Begeistert zupfte sie an einigen Grashalmen, aber sobald irgendein Geräusch zu hören war, schwups, rannte sie zurück in ihre Kiste.

„Das funktioniert ja richtig gut."

Peter war sehr zufrieden und wir hatten keine Sorge mehr, als Piepers Bahnen etwas größer wurden. zwei bis drei Meter traute sie sich am Ende von ihrer Kiste weg und bei Einbruch der Dämmerung suchte sie freiwillig ihr zu Hause auf.

Toll.

Die folgenden Tage hatten wir große Freude an unserem Hühnchen. Es wurde fast stündlich zutraulicher, nahm das Futter aus der Hand, ließ sich von uns anfassen und einfangen, wenn wir weiterfahren wollten und legte sich während der Autofahrten richtig in die Kurven. Bei jedem Stopp öffneten wir den Käfig und ließen Pieper herumlaufen. Vor allem aber war dieses Tier derart auf uns bezogen, dass es uns überall hin folgte.

Unser Auto war zwar unser Haus, aber eine Toilette gab es nicht und mit einem Spaten bewaffnet mussten wir uns jeweils in die Büsche schlagen. Dann war es schon mal lästig, auf Schritt und Tritt verfolgt zu werden von so einem neugierigen weißen Vogel!

Einmal hielten wir an einem hübschen kleinen Wasserfall an, der ein Stück neben der Straße einige Meter von einem Felsen herabstürzte, um dann über kleinere Felsen seinen neuen Weg zu suchen. Ich wollte meine Füße in den Bach stecken und natürlich lief Pieper mit. Während ich die Abkühlung genoss, suchte Pieper nach Futter zwischen den Steinen und wir wurden zu dem Photomotiv für die Reisenden eines Busses, der ebenfalls dort angehalten hatte.

Ein anderes Mal fuhren wir durch ein Dorf mit einer Mühle und wunderten uns, was da auf der Straße lag.

„Halt bitte mal an, das muss ich mir anschauen."
„Was ist los?" wollte Peter wissen, als ich vor Freude hüpfend zum Auto zurückkehrte.

„Gib mir doch mal eine Tüte oder einen Topf. Das sind Maiskörner, die ich für Pieper aufsammeln möchte."
Die Einheimischen wunderten sich bestimmt sehr über mein Treiben. Was macht die Gringa da auf der Straße und bückt sich dauernd und sucht auf dem Weg herum? Aber bald hatte ich eine ganze Plastiktüte mit Maiskörnern für unser Hühnchen gefüllt.

Unsere Reise hatte durch das Huhn eine andere Dimension bekommen. Wir waren jetzt immer auf Futtersuche für unser Tier. So schön Ekuador war, so gut es uns in diesem Land gefiel, so fuhren wir doch immer weiter südlich, denn wir folgten der Panamericana und so rückte die Grenze nach Peru näher.

„Peter, was glaubst du, was die an der Grenze sagen werden zu unserem Pieper? Glaubst du, dass wir unser Hühnchen über die Grenze nehmen dürfen?"
„Ich weiß es auch nicht. Wir werden es erleben und dann sehen wir weiter."

Ich mochte mir nicht vorstellen, dass wir unser Hühnchen nicht mit über die Grenze nehmen dürften. Die Nacht vor unserem Grenzübertritt schlief ich sehr unruhig und ich merkte, dass auch Peter sich öfters von einer Seite auf die andere drehte. Nur Pieper schlief in aller Ruhe auf dem Beifahrersitz.

Und dann war diese Grenze ganz anders als wir sie uns vorgestellt hatten. Es war eigentlich ziemlich chaotisch. Hunderte Menschen liefen oder fuhren von Ekuador nach Peru und genauso viele von Peru nach Ekuador. Und viele Menschen passierten die Grenze mit Tieren. Wir wurden gar nicht so beachtet wie sonst an den Grenzen. Wir holten uns unsere Stempel ab, vor allem auch für unser Auto und zum Schluss schauten zwei Grenzer noch in den Wagen, zogen hier eine Schublade auf, öffneten

dort eine Schranktür und endlich wollte einer der beiden wissen, was wir in Ekuador für unser Huhn bezahlt hätten.
„Zwölf Pesos", antwortete Peter wahrheitsgemäß. Daraufhin bog sich der Grenzer vor Lachen und erklärte uns fröhlich, dass Hühner in Peru nur acht Pesos kosten würden und wir waren fertig und konnten weiterfahren.

Überglücklich liefen wir mit Pieper etwa eine halbe Stunde später in Peru über den Pazifikstrand.

„Du, Peter, Pieper fährt jetzt schon gut vier Wochen mit uns mit, aber wir haben noch nie ein Ei gesehen. Ist sie noch zu jung oder woran liegt das?"
„Ich kann es dir nicht genau sagen. Entweder ist sie noch zu jung oder aber es könnte am Futter liegen. Sie braucht Proteine, um Eier zu legen und vielleicht bekommt sie über das Körnerfutter nicht genug Eiweiß."
„Heißt das, dass sie Regenwürmer und Kleintiere fressen müsste?"
„Ja, genau das."

Ich überlegte.

In diesen ariden Gebieten gab es nicht viele Regenwürmer und Kleintiere, aber unsere Route führte uns schon bald wieder in die Anden im Norden Perus. Kein Sand mehr. Dafür wurde die Erde feuchter und steiniger. Irgendwann hatte ich die Idee, Steine hoch zu heben und richtig, dort fanden sich Regenwürmer, Asseln und andere Kleintiere. Es dauerte nicht lange, bis Pieper dieses Futter zu schätzen wusste. Da sie immer neben mir herlief, hatte sie schnell bemerkt, dass es Futter gab, sobald ich mich zu einem Stein hinunter bückte, um ihn halb hoch zu heben. Sofort war sie mit ihrem Kopf darunter und pickte alles auf, was da kreuchte und fleuchte.

Ich freute mich und meinte es besonders gut, als ich diesen dicken Brocken halb hochhob. Viele Kleintiere müssen darunter gewesen sein, denn Pieper pickte wie wild. Bis mir dieser dicke Brocken aus den Händen rutschte.

Ich schrie vor Verzweiflung nach Peter und hob den Brocken sofort wieder an. Aber Piepers Kopf hatte darunter gelegen.

Sie lebte noch, als Peter sie in ihren Stall setzte, aber der Kopf war deformiert und sie hatte Schmerzen ohne Ende.

Wir beschlossen, bis zum nächsten Morgen abzuwarten, um zu sehen, wie es ihr gehen würde und ich ging nicht mehr von ihrer Seite. Trotzdem war nach kurzer Zeit klar, dass sie es nicht schaffen würde.

„Wir sollten sie erlösen. Auch wenn es dir schwer fällt, aber wir sollten sie nicht so leiden lassen", hörte ich Peters Stimme neben mir. „Wir sollten sie schlachten."

Da Peter auf seinem kleinen Höfchen schon öfters Hühner geschlachtet hatte und eine Axt zum Holz schlagen zu unserer Ausrüstung gehörte, erlöste er das Tier.

Nun war er nicht der Mensch, der Fleisch von einem gesunden Tier weg warf und so gab es Hühnersuppe, die ich aber nicht anrührte.

„Übrigens, beim Ausnehmen habe ich gesehen, dass unser Pieper ein Hähnchen war."

Für mich war es das netteste Hühnchen, das es gab.

Eine Straßenbahnfahrt

Wenn ich an die Hauptperson meiner Geschichte zurück denke, muss ich gestehen, dass ich heute auch diese Rolle spielen könnte, denn einmal in Besitz von Führerschein und Auto betrat ich so gut wie nie öffentliche Verkehrsmittel. Klar, im Ausland machte es Spaß, ein Collectivo oder sogar die Cable Car zu benutzen – man durfte es nicht verpassen – aber heutzutage würde mich die Benutzung unserer heimischen Omnibusse und Straßenbahnen vor größte Probleme stellen. Wo kaufe ich die Fahrkarte, welcher Fahrschein muss es sein, was bedeuten diese Zonen und wo entwerte ich mein Ticket? All diese Dinge sind mir heute völlig fremd, denn man springt einfach ins Auto, wenn man irgendwohin will und sollte der Wagen mal in die Werkstatt müssen, findet sich immer jemand, der einen fährt.

Damals war das anders. Als Schülerin gehörte das Bus- und Bahn Fahren zu meinem täglichen Leben wie das Atmen und Essen: reinquetschen in den Bus, drei Stationen später wieder rausquetschen, um die Ecke rum zur Straßenbahnhaltestelle spurten, wenn man die frühe Bahn erreichen wollte oder gemächlichen Schrittes gehen, wenn mir die Eintragung ins Klassenbuch wegen Zu Spät Kommens egal war. Immer aber hatte ich meine Fahrkarte für den Weg zur Schule in Form eines Sichtbildausweises mit der erlaubten eingestempelten Wegstrecke dabei, anfangs mit den Wochenklebekärtchen und später gab es Jahresfreifahrscheine. Wollte ich eine andere als die erlaubte Strecke benutzen, gab es lange Zeit die blauen Kinderfahrscheine, bis es zu lästig oder zu peinlich wurde, den Kontrolleuren zu versichern, dass ich noch keine 15 sei. Fuhren wir damals jedenfalls mit einem Einzelfahrschein, wussten wir alle, dass kurz hinter den Einstiegstüren diese kleinen Entwerter standen, unauffällige schmale Kästen auf langen Beinen, in die man sein Ticket schob, um es zu entwerten.

Die Sendung mit der versteckten Kamera sollte es erst viele Jahre später geben. Diese Geschichte war garantiert der Proto-Typ!

Sechs lange Schulstunden lagen hinter uns und in Grüppchen machten wir uns auf den Weg zur Straßenbahnhaltestelle. Eine Mathe-Klassenarbeit hatten wir gerade geschrieben und nun diskutierten wir über unsere unterschiedlichen Ergebnisse. Endlich kam die Bahn und wir postierten uns im hintersten Teil rund um die Fahrkartenentwerter. Dagmar stand in unserer Gruppe und meistens waren ihre Ergebnisse richtig. Wir lauschten ihren Erklärungen, brachten unsere Lösungswege ins Gespräch und deshalb war uns anfangs der Mann gar nicht aufgefallen, der gemeinsam mit uns in die Straßenbahn eingestiegen war. Auch er blieb im hinteren Teil der Bahn stehen. Er wirkte sehr gepflegt in seinem grauen Wintermantel mit dem weißen Schal, aber er hatte etwas Ausländisches an sich, schwarze gelockte Haare, ein dunkler drei-Tage-Bart und ganz dunkle, aber freundliche Augen. Eine von uns musste ihn plötzlich bemerkt haben, denn nun stießen wir uns alle gegenseitig an und schauten auf ihn. Was machte er da?

Er hatte einen Arm ausgestreckt, hielt seine Fahrkarte in der Hand und drückte sie auf ein Informationsplakat der Verkehrsbetriebe, welches über dem Fahrkartenentwerter an der Wand klebte. So fuhr er von Station zu Station, immer mit ausgestrecktem Arm auf dem Infoplakat. Wir begannen zu kichern, denn Festhalten könnte er sich ja besser anders als in dieser Haltung. Haltestelle „Stegerwald Siedlung".

Die Türen öffneten sich und der Ausländer verließ die Straßenbahn. Wir sahen hinter ihm her und kicherten nun lauthals.

Unsere Fahrt ging weiter und es war wieder einmal Dagmar, die die richtige Lösung gefunden hatte.

„Guckt mal, was auf dem Plakat steht, das über dem Entwerter hängt", ertönte nun ihre Stimme. Und da lasen wir es alle: „Fahrkarten bitte HIER entwerten".

Auf „Hier" hatte er seine Fahrkarte fest gedrückt gehalten!

Kanalbau

Die Oma war zeitlebens eine sparsame Frau. Dies hatte natürlich auch ökonomische Gründe, aber an erster Stelle standen vor allem ökologische Aspekte. Das Wasser der Badewanne wurde nie abgelassen, denn es wäre schade gewesen, das viele Wasser zu vergeuden. Mit einem Topf konnte man wunderbar Wasser schöpfen und so die Klospülung einsparen.

Der besondere Duft des Badezimmers fiel unserer damals vier jährigen Tochter jedes Mal von neuem auf.

Die genauen Gründe für die komplette Kanalerschließung der ländlichen Regionen bleiben dahin gestellt, jedenfalls wurden jedenfalls wurde unser Ober- und Unterdorf an den Kanal angeschlossen. Das Projekt war nicht ganz einfach, denn alle Abwässer wurden im tiefer gelegenen Unterdorf gesammelt und ab einem bestimmten Pegelstand sprang eine Pumpe an und drückte die Abwässer hoch zu uns ins obere Dorf. Einmal über den Berg rutschte alles von allein.

Je nach Wetterlage entwickelten sich im Unterdorfer Sammelbecken mehr oder weniger viele Gase und wenn die Pumpe ansprang, drückte sie die Gase vor ihrer eigentlichen Fracht her. Die Gase entwichen dann im Oberdorf aus dem Sammelrohr durch die Schlitze in den Kanaldeckeln, die sich wie Perlen an einer Schnur durch unser Dorf zogen. Mitten im Dorf hatte man den Eindruck auf einem Schlammfeld zu wohnen.

An einem solchen Schlammfeldtag spazierte ich mit Gesa durch das Dorf. Meine Tochter rümpfte die Nase und erklärte dann ganz sachlich:

„Mama, ich glaube, die Oma hat abgezogen!"

La Llama

„Wissen ist Macht" dachte sich damals offensichtlich die peruanische Regierung und versuchte die Alphabetisierung der Indios voran zu treiben. Wie könnte man es besser realisieren als den Indios immer wieder auf Gegenständen des täglichen Gebrauchs die unterschiedlichen Buchstaben vorzustellen. Und was braucht ein Indio täglich? Richtig. Streichhölzer.

Feuer machen bedeutet Wärme, bedeutet Essen kochen können, Feuer bedeutet Leben.

Und so entschloss man sich damals von Regierungsseite wohl dazu, auf den Streichholzschachteln die verschiedenen Buchstaben groß aufzudrucken und dazu ein Wort, das mit dem jeweils abgebildeten Buchstaben begann. Und damit das jeder verstehen konnte, befand sich eine Zeichnung des Wortes als Abbildung auf der Streichholzschachtel. Zum Beispiel war ein großes „Z" auf einer Schachtel zu sehen, „Z" wie „Zapato", der Schuh und eine Zeichnung zeigte einen Schuh, um die Bedeutung des Wortes zu erklären.

Nun waren wir bereits Monate mit unserem VW-Bus unterwegs und in Peru angekommen. Wir hatten einen wunderbaren Standplatz für unseren VW-Bus auf einer Passhöhe in ca 4000m Höhe in den Bergen Nordperus gefunden und hatten beschlossen, an diesem schönen Ort zwei oder drei Tage zu rasten. Morgens lagen die riesigen Andenvulkane noch im Nebel und erst als die Sonne höher am Himmel stand, lichteten sich die Schleier und wir konnten die schneebedeckten Gipfel bewundern und die Herden der Lamas und Alpakas, die durch die Gegend zogen auf der Suche nach einem bisschen harten gelbem Gras. Abends dann wurde die Kordillere in die schönsten orange-roten und blauen Töne des Sonnenuntergangs getaucht und dann wurde es Zeit in den Schlafsack zu kriechen, denn dann wurde es schnell kalt in den Bergen, so kalt, dass uns im Innern unseres Busses die Kartoffeln erfroren und der Rest Tee in der Tasse bis zum Morgen zu einem Eisklumpen gefror.

Wir hatten diesen Standplatz für unsere Rast nicht nur wegen der phantastischen Aussicht gewählt. Wir wähnten uns auch in totaler Einsamkeit und wollten die Ruhe genießen. Wie immer hatten wir uns getäuscht. Keine Hütte war von unserem Platz aus zu sehen, doch egal, wo wir rasteten, jedes Mal dauerte es nie länger als eine halbe Stunde, bis unser Bus von Kindern umringt war, die sich dann, neugierig aber trotzdem scheu, in einigen Metern Abstand aufbauten und einfach nur zuschauen wollten, was wir da machten. Wenn ich versuchte, auf sie zu zugehen und ein paar Worte mit ihnen zu reden, liefen sie in alle Windesrichtungen davon. Nie lange natürlich. Schon beobachteten sie uns wieder beim Lesen, Kochen oder beim in der Sonne sitzen und die Mittagswärme genießen. Und sie kicherten immer über uns Gringos. Es waren Mädchen mit langen schwarzen Zöpfen und großen dunklen Augen, Jungen in zerschlissener Kleidung und sie waren alle barfuß, in dieser Höhe, wo der Boden nie richtig warm wurde.

Vor zwei Tagen war aber auch ein junger Mann aufgetaucht und ohne Scheu kam er auf uns zu und stellte sich als „David" vor. Wir wollten gerade unsere Suppe essen, schoben ihm einen Teller hin und luden ihn ein, mit uns zu essen, was er dankend annahm. Schnell entwickelte sich ein Gespräch, obwohl wir alle Spanisch nicht als Muttersprache sprachen und mit Verständigungsproblemen zu kämpfen hatten. Trotzdem verstanden wir, dass er in einer Mine arbeitete, für damals 2,50 DM pro Tag. Morgens musste David von seiner Hütte bis zu der einzigen Straße gehen, dort auf den LKW warten, der ihn mit den anderen Indios auf der offenen LKW-Pritsche zu seiner Mine und abends wieder zurück brachte. Dafür erhielt der LKW-Fahrer von jedem Indio 50 Cent, die von seinem Lohn abgingen. Wir hatten bereits gehört, dass die Mineros, die Minenarbeiter, ihre Arbeit nicht beginnen, wenn sie nicht erst einmal von ihrem Patron Koka bekommen, welches sie kauen. So verschwindet nicht nur das Hungergefühl, sondern sie können auch in der dünnen Höhenluft der harten Arbeit in einer Mine nachgehen ohne Probleme mit dem geringeren Sauerstoffgehalt der Atemluft zu bekommen. Zur Bestätigung holte David auch Koka-Blätter aus seiner Tasche und dazu eine kleine Kalebasse, in der sich Kalk befand. Die Indios haben eine Art Nadel in dieser Kalebasse. Sie kauen auf den Blättern herum, schieben sie dann in eine Backe, befeuchten die Nadel mit Spucke, ziehen sie durch den Kalk, der dann an der Nadel kleben bleibt und dann reiben sie den Kalk an den Koka-Blättern ab. Der Kalk setzt die Alkaloide aus den Blättern frei und die gewünschte Wirkung tritt ein. Die Indios vertreiben so nicht nur das Hungergefühl, auch Angst oder Verzweiflung bleiben auf der Strecke und ihr Leben wird erträglicher. Bevor es dunkel wurde, verabschiedete sich David von uns, doch lud er uns am nächsten Tag zu sich nach Hause ein. Er wollte uns nachmittags an unserem Bus abholen.

So lernten wir sein Haus und seine Familie kennen. Vor der Hütte aus luftgetrockneten Ziegeln saß seine Mutter und kochte über einem Feuer eine Suppe. Stolz zeigte David uns das Haus. Der etwa 4x4 Meter große Raum mit seinem Strohdach war voller Säcke, die mit Stroh gefüllt waren und als Nachtlager dienten. Überall flitzten quiekend die Meerschweinchen herum und wurden für besondere Festivitäten gehalten. Dann werden sie geschlachtet und auf dem Spieß gebraten. Uns erscheint das vielleicht merkwürdig und wir lehnen es ab, weil Meerschweinchen bei uns den Status eines Streicheltieres besitzen, aber diese Menschen haben nichts anderes. In 4000m Höhe können sie nur Tiere halten, die sie mit dem spärlichen Gras sättigen können und es bieten sich keine Alternativen an. Kein anderes Tier lässt sich mit so wenig Gras groß ziehen. Wir sollten ihnen ihre Meerschweinchen von Herzen gönnen, denn wir wurden nun unsererseits zum Essen eingeladen. Es gab eine Manioksuppe. Die Suppe war Wasser, kein Fettauge schwamm darauf und die Maniokwurzeln waren klein geschnitten, aber total hart und faserig. Wasser kocht bei 90 Grad, aber durch den geringeren Luftdruck in dieser Höhe kochte das Wasser nicht mehr und alles „Gekochte" blieb roh. Satt wurde man von dieser Suppe höchstens durch das endlose Kauen auf dem harten Maniok. Zum Nachtisch gab es für jeden eine Handvoll Erdnüsse, die aus der Schale gepuhlt wurden, während wiederum die Meerschweinchen die Schalen zum Fressen hingeworfen bekamen.

Diese Menschen hatten so wenig zum Leben und doch hatten sie uns sofort zu sich eingeladen und das wenige mit uns geteilt. Wir waren ganz still geworden, ehrfürchtig.

Nach dem Essen begleitete uns David zu unserem Bus. Es galt Abschied nehmen, denn am nächsten Tag wollten wir weiterfahren. Wir setzten uns noch in unseren Bus, tranken Koka-Tee und als David unser Radio mit Kassettenteil sah, wollte er uns unbedingt ein Lied auf unsere Kassette singen. „Para mi amigos, Alfredo y Ursula" begann er sein Lied, denn er konnte weder Peter noch Uschi aussprechen und wir besannen uns auf den Zweitnamen bzw. die Grundform des Namens. Nie werde ich vergessen, dass wir in dieser Nacht zu Alfredo und Ursula wurden. Und dann sang uns David eine alte Volksweise, voller Inbrunst und glücklich. Als er geendet hatte, konnten wir erst einmal gar nichts sagen.

Da fiel mir eine Streichholzschachtel ins Auge. Ein großes „L" war darauf abgebildet und dazu das Wort „La Llama" mit der Zeichnung eines Lamas. Da wir nie sicher waren, wie dieses Doppel-L ausgesprochen wird, ob entweder „LJ" oder nur „J", fragte ich David, was das auf der Streichholzschachtel heißt. Ich wollte die Aussprache von ihm wissen, er aber nahm die Streichholzschachtel, schaute sich genau die Zeichnung an und antwortete dann:

Alpaka

Kurztrip nach Südfrankreich

„Gesa, wie sieht es denn jetzt aus mit deinem Französisch Leistungskurs für`s Abi?"
„Och, ich glaube, ganz gut soweit. Mir fehlt halt die Praxis, um so richtig flüssig sprechen zu können."
„Dann musst du in den Ferien nach Frankreich, ganz einfach."
„Ja, hört sich gut an. Aber ich will nicht einfach irgendwo an den Strand fahren und mir mit anderen jungen Deutschen die Nächte in Diskos um die Ohren schlagen. Wenn ich irgendwo was tun könnte. Bei Franzosen und mit Franzosen, am besten im Bio-Anbau, das würde mir gefallen."
„Mmmh, verstehe ich gut. Du, ich habe doch seit vielen Jahren die Bekannte in Perpignan, die Yvonne. Sie hatte früher bei meinem Großhändler gearbeitet, bevor sie nach Südfrankreich ging und sich dort eine eigene Existenz aufgebaut hat. Sie führt eine Bio-Logistik Firma. Die Biobauern aus Spanien und Südfrankreich schicken Obst und Gemüse zu ihr nach Perpignan. Dort zusammengezogen geht alles mit dem Lkw direkt zu meinem Großhändler nach Köln. Natürlich kennt Yvonne dadurch die Bio-Bauern der Umgebung. Soll ich sie mal anrufen, ob sie eventuell einen Hof kennt, auf dem du mitarbeiten könntest?"
„Ja, das wäre prima. Auf einem Hof arbeiten in Frankreich. Ja, das würde mir gefallen."

Nun also rollte unser Auto immer weiter gen Süden und wir waren sehr glücklich, den wochenlangen deutschen Regensommer ab Lyon hinter uns gelassen zu haben. Die Sonne schien und

wärmte uns und endlich konnten wir Sommer genießen.
„Erinnerst du dich noch an den Brief aus der Bretagne? Noch kein Jahr ist es her."

Eine nette Französin wollte Schafe bei mir kaufen, hatte aber nicht viel Geld und wir fanden einen guten Kompromiss: sie erhielt die Schafe zum halben Preis und musste dafür meine Tochter während der Osterferien für zwei Wochen bei sich aufnehmen und nur französisch mit ihr sprechen. Gesa hatte ihre Ferien in der Bretagne genossen und nicht nur viel französisch gelernt, sondern zwei Wochen lang mit Jenni Schafe gehütet.

„Ja, die beiden Wochen bei Jenni waren klasse und ich weiß seitdem so viel über Schafe. Nun bin ich sehr gespannt auf diesen Bio-Hof."

Yvonne wusste sofort einen Hof in den Pyrenäen, der für Gesa in Frage kommen könnte, denn sie hatte schon mehrfach Jugendliche von deutschen Bio-Höfen zu diesem Betrieb vermittelt und alle waren immer sehr gut miteinander ausgekommen.

Ich hatte sofort den Gedanken, meine Tochter dorthin zu fahren. Nicht, dass ich neugierig wäre, aber man weiß doch gerne, wo das Kind bleibt!

An unserem ersten Tag fuhren wir bis in die Cevennen, einem Mittelgebirgszug nördlich von Montpellier. Vor fünf Jahren waren Gesa und ich dort eine Woche auf Reiterferien und es gab ein nettes Wiedersehen auf dem Reiterhof. Herrlich. Abends bei einem Glas Rotwein im T-Shirt in der lauen Sommerluft zu sitzen, mit netten Leuten zu erzählen, den Zikaden zuzuhören, die Sterne funkeln zu sehen, schon das war die Fahrt wert!

Am nächsten Morgen brachen wir früh auf und steuerten das „Conservatoire des Tomates" an, ganz in der Nähe. Unser Reitlehrer hatte mich seinerzeit dorthin geschickt und ich hatte erstmals Kontakt zu alten Tomatensorten. Natürlich hatte ich mir Samen mitgenommen und seitdem gibt es in unserer Gärtnerei weiße, rosa, gelbe und fast schwarze Tomaten, lange bevor der Handel die alten Sorten als Marktlücke entdeckte. Dieses Jahr waren wir also wieder dort. Es war noch genauso chaotisch wie vor fünf Jahren, aber das macht das ganz eigene Flair dieser alternativen Bio-Samenzuchtgärtnerei aus. Das Unkraut wuchert überall und alles sieht irgendwie völlig ungeordnet aus, die Tomaten nicht wie bei uns aufgebunden an einer Schnur, nein, sie kriechen über die Erde und bringen Früchte und Samen, obwohl die Pflanzen teilweise im Gespinst der Spinnmilben verschwanden.

Wir gingen zu der kleinen Verkaufshütte und auch dieses Mal verschlug es mir die Sprache. Der hintere Teil des Raumes war wie eine Höhle in den Fels geschlagen worden, der Fels weiß gestrichen und inzwischen war er so nachgedunkelt und verschmutzt, dass er fast wieder die Farbe des Felsens angenommen hatte. In dieser Höhle standen Bett, Schrank und Stuhl. An die Felsenhöhle nach vorne angebaut worden war eine Hütte aus Holz als Verkaufsraum und hier standen wir nun, froh, ein freies Fleckchen gefunden zu haben, wo wir stehen konnten ohne auf Dinge zu treten, denn der gesamte Fussboden war übersät mit Papieren, Büchern, Kartons, verschmutztem Geschirr, vollen Aschenbechern und der restliche Raum sah nicht besser aus. Auf einem Sofa türmten sich in ungeordneten Haufen ebenfalls Bücher, Zeitschriften, Klamotten, Schuhe, dreckige Kaffeetassen, einfach alles. Natürlich sahen der Schreibtisch, die Regale, alles in diesem Raum genau so aus. Und mitten in diesem totalen Chaos stand Maurice und fragte nach unseren Wünschen.

„Wir möchten gerne einige Tomatensamen kaufen." Gesa konnte schon mal ihr Französisch üben.
Zu unserer großen Überraschung drehte sich der Mann um, schnappte sich drei große Ordner und überreichte sie uns.

„Hier sind alle unsere Sorten aufgelistet und ihr könnt sie euch aussuchen. Wir vermehren hier ca 300 verschiedene Sorten."

Diese Ordner waren ein Stück Ordnung im Chaos und alle Tomatensorten wurden mit Hochglanzbildern und detaillierter Sortenbeschreibung vorgestellt.

Wir suchten uns schöne und interessante Sorten aus und am Ende der Ordner entdeckte ich plötzlich eine weiße Aubergine.
„Mensch, Gesa, schau mal, die sieht ja klasse aus. Dann trugen die alten Auberginensorten wohl früher weiße Früchte! Mmmh. Auf deutsch heißt die Aubergine Eierfrucht. Dieser Name bezog sich vielleicht auf die früher weiße Farbe der Früchte."

„Das könnte ich mir gut vorstellen. Mama, diese Samen müssen wir unbedingt kaufen. Die weiße Aubergine soll auch geschmackvoller sein als die heute üblichen. So steht es jedenfalls in der Sortenbeschreibung und das müssen wir ausprobieren."

„Ja, machen wir. Unbedingt. Dann ruf mal den Maurice und wir kaufen all unser Sämereien und dann wollen wir doch weiter nach Perpignan."
„Maurice, wir möchten alle Sämereien kaufen, deren Nummern auf unserem Zettel stehen."
„Gut." Der Franzose blieb stehen, wo er war und sah zerknirscht aus.
„Was ist", wollte meine Tochter wissen, „gibt es die Samen nicht?"

„Doch." Er kratzte sich am Kopf und mit einer weit ausladenden Handbewegung zeigte er durch das Zimmer.
„Oui, mais ou? Doch, aber wo?"
Wir wollten nicht unhöflich sein und versuchten unser Lachen nicht heraus zu prusten, während Maurice nach draußen ging und nach Jeanette rief. Nicht lange und eine junge Französin betrat den Raum, ging schnurstracks auf das Sofa zu, schob es zur Seite und zog die Kartons mit den Samen unter dem Sofa hervor, aber nicht ohne mit Maurice zu schimpfen. Ich war mir nur nicht sicher, ob sie ihn ausschimpfte wegen seiner Unordnung oder seiner Vergesslichkeit!

In aller Ruhe suchte Maurice nun leere Papiertütchen, zählte die Samenkerne einzeln ab und beschriftete die einzelnen Tütchen. Er hatte keine Eile. Ob der süßliche Geruch, der im Raum schwebte, damit zu tun hatte?

Endlich waren wir wieder auf der Straße und fuhren durch bis Perpignan, trafen unsere Bekannte, bekamen Adresse und Anweisungen, wie wir zu dem Bio-Hof gelangen sollten und nahmen die N 116 Richtung Andorra. Unterwegs mussten wir hier und da anhalten. Viele der alten Ortschaften mit ihren Steinhäusern, die sich wie Vogelnester an die Berge zu klammern scheinen, waren so malerisch, dass wir nicht vorbeifahren konnten. Und wir mussten auch einkaufen: Früchte, Oliven, Wein, die an der Straße von den Bauern angeboten wurden.

Bald fanden wir die Abzweigung von der Route National nach Escaro. Die Straße führte uns etwa 20 Minuten steil bergauf durch wilde Berggegenden auf ca. 900m Höhe. Hier gab es fast nichts mehr außer ein paar Häusern und nun mussten wir noch etwa drei Kilometer weiter in die Berge zu dem Hof. Den Weg zu finden erwies sich als etwas schwierig.

„Gesa, wie sollen wir an dieser Kreuzung weiterfahren? Ich habe langsam keinen blassen Schimmer mehr, wo wir sind und wie wir fahren müssen. Oh, schau mal, da hinten geht jemand die Straße entlang. Du kannst einfach auf Französisch nachfragen."

Wir fuhren dem Fußgänger hinterher, denn viele davon waren in dieser einsamen Gegend nicht zu finden. Er blieb auch freundlich stehen und durch das offene Fenster fragte meine Tochter ihn nach dem Weg. Nach seiner Antwort sah sie jedoch ziemlich ratlos aus.

„Tja, Mama, ich habe ihn nicht verstanden! Irgendwie war das auch kein Französisch, was er sprach. Ich glaube, die Menschen in dieser Region sprechen Katalan und das verstehe ich nicht. Aber er zeigte nach links."
„Dann wollen wir es versuchen."

In engen Kurven führte die Straße weiter den Berg hinauf und endete plötzlich vor einem Haus.

„Ich glaube, wir sind da, denn hier geht es nicht mehr weiter."

Gesa war bereits aus dem Auto gesprungen und ging auf die Haustüre zu. Scheinbar besaß dieses Haus keine Klingel, denn sie rief lautstark „Hallo". Nichts rührte sich. Sie rief und rief, aber es war niemand zu Hause.

„Komisch. Hatte Yvonne nicht gesagt, dass Cecile uns erwarten würde?"
„Lass uns um`s Haus herumgehen, Mama, vielleicht finden wir ja doch jemanden."

An der Giebelseite des Hauses stand eine Türe offen, wir gingen hinein und es verschlug uns die Sprache.

„Glaubst du, dass wir hier richtig sind? Hier sieht es eher nach einem Schrotthändler aus als nach einem Bio-Bauern."
Verwundert betrachtete ich die alten Fahrräder, die überall herumstanden und auch an den Wänden hingen Fahrradteile oder Hälften der Drahtesel, Ersatzteile noch und nöcher, Werkzeuge, Schrauben und Nägel.

„Doch, ich glaube, dass es das ist. Schau mal hier. Hier stehen Schälchen mit Himbeeren und Johannisbeeren. Sieht doch so aus, als ob sie fertig abgewogen darauf warten verkauft zu werden."
„Vielleicht hast du Recht. Vielleicht haben die morgen ihren Verkaufstag."
„Ja oder sie fahren damit zum Markt."
„Könnte auch sein. Komm, lass uns wieder nach draußen gehen. In diesem Kabuff ist es mir zu staubig und zu stickig. Ich brauche etwas frische Luft."

Wir warteten den Rest des Nachmittags, aber niemand erschien. Dafür beobachteten wir eine Katze und ihre vier Katzenkinder und genossen die Ruhe und Stille in den Bergen.

„Gut, dass wir eben noch eingekauft hatten. Brot, Käse, Oliven und ich werde den Rotwein dazu probieren, den uns eben der Bauer verkauft hat. Da vorne geht ein Feldweg ab und der Weg ist relativ eben. Dort werde ich unser Auto abstellen und wir schlafen im Wagen."

Ich besaß einen Lieferwagen und für meine Rückfahrt hatte ich eine große Matratze auf der Ladefläche ausgebreitet, um jederzeit eine Rest einlegen und schlafen zu können, falls mir danach war. Es waren ja 1300km zu fahren bis nach Hause, an einem Stück allein und ohne Rast kaum zu schaffen. Nun war ich doppelt froh über diese Matratze. Und überhaupt hatte ich mir alles etwas anders vorgestellt. Zu-

mindest eine Dusche nach diesem heißen Tag hatte ich in Erwägung gezogen, aber mit gar keinem Empfang hatte ich nicht gerechnet.
„Gesa, morgen sehen wir weiter, aber ich glaube nicht, dass ich dich hier zurücklassen werde. Wenn wir morgen zurückfahren, werden wir in Perpignan nochmals bei Yvonne vorbeischauen und fragen, was los ist."
„Ich verstehe das alles auch nicht. Und ich bin ziemlich enttäuscht", ließ sich meine Tochter noch vernehmen, doch dann war ich bereits eingeschlafen.

Am nächsten Morgen schien die Sonne auf unser Auto und obwohl es noch früh sein musste, wurde es bereits heiß im Innern, so dass wir als erstes die Schiebetür öffneten, um frische Luft hereinzulassen.

Doch Schreck am Morgen!

Draußen stand ein großer schwarzer Hund vor dem Fahrzeug und schaute neugierig zu unserer Schiebetür hinein. Während wir noch auf unserer Matratze lagen und in die Sonne blinzelten, stand plötzlich eine ältere Frau an der Schiebetür und wollte wissen, was wir denn hier zu suchen hätten. Ich versuchte zu erklären, dass wir doch die Deutschen seien, wie angekündigt. Ach so, ja, ob wir ein kleines Frühstück haben wollten, aber ach, nein, sie müsse erst ihre Arbeit machen und wir sollten warten und weg war sie.

Wurden wir denn nicht erwartet?

Ich musste sehr schlucken und war fest gewillt, meine Tochter wieder mit nach Hause zu nehmen.

Etwa eineinhalb Stunden mussten vergangen sein, als ein Mann zu unserem Auto kam und sich als Hausherr zu erkennen gab. Mit Eng-

lisch konnte ich mich sehr schnell mit ihm verständigen. Ja, gestern hatten sie Freunde besucht und waren erst sehr spät nach Hause gekommen.
Keine große Erklärung oder Entschuldigung.

So war es. Ganz einfach!

Während dieses Gesprächs tauchte auch wieder Cecile, die Hausherrin, auf, bepackt mit gepflückten Himbeeren und meinte, dass wir ihr folgen sollten. Sie ging mit uns in die uns bereits bekannte Scheune, wo sie die Himbeeren für den Marktstand des folgenden Tages sortierte und schimpfte direkt los, weil ihr Ehegatte alles sammelte und zwei Drittel der Scheune von ihm in Beschlag genommen worden waren. Er baue aus den alten Fahrrädern neue alte funktionierende Räder zum Verkaufen, aber nicht sehr oft. Sie hätte gar keinen Platz mehr für ihre Früchte wegen seiner Sammelleidenschaft.

Ich dachte direkt, dass es sich hier wohl um ein internationales Problem handeln müsse!

Endlich gingen wir ins Wohnhaus. Mittlerweile war ihr klar, wer wir waren, und sie zeigte uns alle Zimmer. Für Gesa war bereits ein Zimmer vorbereitet worden und es stimmte mich versöhnlich.

Das Badezimmer war sehenswert. Alte Armaturen aus Messing, die man bei uns auf jedem Flohmarkt zu Höchstpreisen verkaufen könnte, die Wände mit drei verschiedenen Kachelsorten gefliest, ja, die sind vom Freund x und jene vom Freund y und die von einem dritten Freund! Waren dort übrig geblieben, ein cadeau, ein Geschenk.

„Wir haben sie alle verarbeitet," verkündete sie stolz, „und es hat uns nichts gekostet."

Und Cecile wurde immer herzlicher.

„Und seht mal hier. Die Fensterscheibe hatte einen Riss, aber die Tochter hatte aus window-colours ein Fensterbild hergestellt, welches genau auf den Riss passte. Da braucht man die Scheibe doch nicht auszuwechseln!"

Dann war wieder Arbeit angesagt und Gesa und ich pflückten Cassis –schwarze Johannisbeeren, Schälchen um Schälchen, bis zum Mittagessen gerufen wurde. Es war heiß und wir saßen gerne unter dem Sonnenschirm auf der Terrasse. Es gab Honigmelone und Salat als Vorspeise und beim Anblick der Salatschüssel fingen unsere Franzosen plötzlich das Lachen an.

Wir sollten uns einmal die Salatschüssel anschauen, aber Achtung, sie sei sehr schwer.

Wir schauten, hoben hoch und wirklich, sie war sehr schwer. Unsere beiden Gasteltern lachten sich kaputt, denn diese Salatschüssel sei das Bullauge ihrer kaputten Waschmaschine! Stimmte. Es passte genau.

In diesem Haus wurde nichts weggeworfen, sondern alles noch irgendwie verwertet. Gesa und ich waren zuerst sprachlos und dann mussten wir auch lachen.

Nachmittags pflückten wir wieder Cassis und Cecile war sehr zufrieden mit unserer Ausbeute. Es gab ein kleines Abendessen und dann sollte es an die gärtnerischen Arbeiten gehen, Salat musste gepflanzt werden. Prima, dachte ich, das können wir ja, da können wir echt helfen. Mittlerweile hatten wir nicht nur die beiden Franzosen ins Herz geschlossen, sondern die beiden auch uns und wir wollten gerne helfen. Wir holten die Aussaatkisten mit den jungen Salatpflänzchen, aber, oh Gott, die Hälfte der Töpfchen war leer.

„Ja, Pipe hat vergessen sie zu gießen und so ist die Hälfte eben vertrocknet. Dann haben wir in vier Wochen etwas weniger Salat zum Verkaufen, aber es wird schon reichen."

Cecile regte sich nicht darüber auf. Es ist eben wie es ist.

Die halbvollen Aussaatkisten wurden in einem alten Auto verstaut und Cecile fuhr zwei oder drei Kilometer mit dem Auto auf einer Schotterpiste mit den Salatpflänzchen zur Anbaufläche. Die Flächen sind in den Bergen in Terrassenkultur angelegt und Gesa und ich kletterten den Berg hinauf. Oben angekommen wieder eine Überraschung. Cecile, sie ist übrigens 61 Jahre, ihr Ehegatte 55 Jahre, setzte sich erst einmal auf den Allerwertesten und sortierte die guten Pflänzchen ins Töpfchen, die vertrockneten auf einen Haufen. Pipe zog in dieser Zeit Folie über das Beet und diese Folie war vorgestanzt. Eigentlich recht neuzeitlich und wir wunderten uns nur über die kleinen vorgestanzten Löcher. Wie soll man da den Ballen der Jungpflanzen hinein bekommen? Wenn wir auf Folie pflanzen, schneiden wir mit einem Messer die Pflanzstellen kreuzweise ein und zwar so groß, dass wir mit der Hand unter die Folie kommen können, um den Ballen der Salatpflanzen unter der Folie andrücken zu können. Hier waren die vorgestanzten Löcher höchstens fünf cm im Durchmesser. Das Bild, das sich uns dort bot, blieb erst einmal schleierhaft.

Nun gut, Cecile hatte inzwischen die guten von den vertrockneten Salatpflänzchen getrennt und wir wollten zur Tat schreiten. Schon wieder was zum Nachdenken: Cecile kam mit den Pflänzchen und setzte sich wieder hin.
Dann betrachtete sie die Wolken am Himmel, schaute sich den

Mont Canigou an, er war noch da, dann begrüßte sie ihre zwei Pferde, die mittlerweile am Zaun standen und auch zuschauen wollten und dann nahm sie einen Esslöffel und holte damit die Erde aus dem vorgestanzten Loch, legte die Erde ordentlich drapiert auf die Folie neben dem Pflanzloch, legte ein Pflänzchen in das Pflanzloch und schob vorsichtig die Erde von der Folie zurück in das Pflanzloch, vermutlich nicht ohne mit dem Pflänzchen gesprochen zu haben.

Wir wollten auch pflanzen, aber wir machten nichts richtig. Wir hatten die Pflänzchen zu fest angedrückt und das geht natürlich nicht. Also pflanzten nur sie und Pipe den Salat, ca 60 Pflänzchen in 1 ½ Stunden. Zum Vergleich pflanzen wir bei uns zu zweit 150 Salate in 20 Minuten! Mittlerweile war es dunkel geworden und die restlichen Pflänzchen mussten bis morgen warten. Wir gingen zurück zum Haus.

Nach dieser Pflanzaktion gab es ein leckeres Abendessen und wir saßen noch lange zusammen und erzählten, vor allem von unseren unterschiedlichen Anbauweisen.
Als Gesa zwei Wochen später nach Hause kam, erzählte sie mir sofort, dass die Salatpflänzchen, die an diesem Abend nicht mehr gepflanzt worden waren, immer noch rum standen, ohne die Erde aus der Nähe gesehen zu haben.

Dafür waren unsere Franzosen uns gegenüber nicht nur aufgetaut, sondern sie waren so herzlich, dass ich Gesa gerne zurücklassen konnte und eigentlich selbst auch gerne länger geblieben wäre. Am Samstag Morgen fuhr Gesa schon früh mit Cecile zum Markt, ich bereitete alles vor für meine Heimfahrt und besuchte sie noch an ihrem Marktstand. Natürlich waren die Cassis der Renner, von uns gepflückt! Klar. Aber der Salat ging auch sehr gut!
Ich fuhr zurück nach Perpignan, traf meine Bekannte und wollte

noch eine Palme kaufen. Es war der Französische Nationalfeiertag und fast alle Geschäfte hatten geschlossen. Ein Gartencenter hielt die Stellung und ich suchte eine Palme aus, die von der Größe genau ins Auto passte (viel billiger als bei uns!) und dazu eine kleinere. Auf einer großen Preistafel wurde ihr Preis mit 19,90 € angegeben, aber sie hatte kein eigenes Preisschildchen. An der Kasse nannten wir der Kassiererin den Preis, sie glaubte uns wohl nicht ganz, nahm ihr Telefon und erfragte den Preis noch mal in der Fachabteilung. 11,90 € wurde ihr gesagt und ich zahlte weniger. Schön, dachte ich, wenn sie nicht wollen, selber Schuld, packte die Palmen ins Auto und startete durch.

Nach 900km war ich müde, suchte mir an einer Raststätte einen Parkplatz, sah noch in der Ferne ein Feuerwerk zu Ehren des Nationalfeiertages und schlief dann im Auto auf meiner Matratze ein, aber bitte, ich schlief unter Palmen! Irgendwann wieder aufgewacht schaffte ich die restlichen Kilometer und war am Sonntag Morgen um acht wieder zu Hause. Mein Mann und zwei Mitarbeiter pflanzten auch gerade Salat und hatten mich noch gar nicht erwartet. Voller Stolz stellte ich meine zwei Palmen auf die Terrasse und ließ mich bald überreden, noch etwas zu schlafen. Am frühen Nachmittag wurde ich wach und wollte den Palmen Wasser geben. Leider war an diesem Sonntag ein sehr starker Wind aufgekommen, der die kleinere Palme umwehte und Richtung Ziegenauslauf pustete. Und meine Ziegen hatten nichts Besseres zu tun als die Hälse lang zu machen und sich die kleine Palme an den Zaun zu ziehen und sie zu fressen!!!

Bestimmt, weil ich nicht den vollen Preis dafür gezahlt hatte!

Aber sie hatten nicht das Herz gefressen und mittlerweile hat die Palme zwei neue Blätter und ich muss mich nur in Geduld üben.
Es ist eben, wie es ist!

Eine Uhr mit Zeitansage

Meine Freundin betreute ehrenamtlich mehrere alte Leute in Altenheimen. Viele von ihnen bekamen keinen Besuch mehr. Gab es keine Angehörigen oder kamen sie einfach nicht vorbei? Diese Frage konnte sie mir nicht immer beantworten.

Dafür berichtete sie mir von vielen netten Begebenheiten aus den Heimen und eine Geschichte ist mir besonders im Gedächtnis geblieben:

Der alte Mann war schon lange bettlägerig und blind und verbrachte die Tage in trostloser Monotonie. Er wurde zwar so weit gut versorgt, aber niemand hatte Zeit, sich zu ihm zu setzen und seinen Geist zu beschäftigen. Deshalb hatte er sich angewöhnt, kaum dass er Schritte hörte „wie viel Uhr ist es?" zu rufen. Die Menschen blieben stehen, schauten auf ihre Uhren und sprachen wenigstens diesen kurzen Moment mit ihm.

Er wartete schon immer sehnsüchtig auf den Besuch meiner Freundin. Eine Stunde Abwechslung war ihm sicher und die beiden führten nette Unterhaltungen. Wenn sie gehen wollte, ertönte wieder seine Stimme „wie viel Uhr ist es?"

„Weißt du, ich möchte dem alten Mann etwas schenken", erklärte sie mir eines Tages an unserem Küchentisch. „Da er blind ist, weiß er wahrscheinlich gar nicht, ob es Tag oder Nacht ist, ob Vor- oder Nachmittag und es gibt doch Uhren, die die Zeit ansagen, wenn man einen Knopf drückt. Dann könnte er die Uhrzeit zu seiner besseren Orientierung immer hören."

Ich fand ihre Idee toll und sie wollte ihm beim nächsten Besuch so eine Uhr mitnehmen.

Gespannt wartete ich auf ihr nächstes Erscheinen.

„Na, hat sich der alte Herr gefreut über deine sprechende Uhr?" platzte es sofort aus mir heraus, als sie zur Türe herein kam.

Anders als erwartet gab sie mir nicht sofort eine Antwort. Ich hatte ein „ja, sehr" erwartet, aber sie setzte sich in aller Ruhe hin und trank einen Schluck Kaffee, den ich ihr schon bereit gestellt hatte.

„Ach, weißt du, ich glaube nicht, dass er sich gefreut hat. Er hat jedenfalls nichts gesagt, aber dafür fragt er jetzt immer alle Leute:

„Welcher Tag ist heute?"

Eiszeit

Es ist Sonntag, ein Tag vor Silvester. Ein Auto kommt den Weg zu unserem Hof herunter gefahren.

„Das werden sie sein", meint Rolf, mein Mann. Und richtig. Eine freundliche Frau steigt aus und schüttelt uns die Hände.

„Ich bin die Uschi." „Prima, ich heiße Daniela und das ist mein Bruder Tom. Wir bringen Euch die Meerschweinchen." „Toll, wir freuen uns schon."

Der Stall unseres Kaninchenpaares diente auch zwei Meerschweinchen als Zuhause. Vor kurzem lag eins der Schweinis ohne irgendein vorheriges Anzeichen morgens tot im Stall und das andere suchte nun traurig nach seinem Kumpel. Von Kunden erfuhr ich, dass die Bergischen Tierfreunde zwei Meerschweinchen abzugeben hätten und nun wurden sie uns gebracht: ein schwarzes glatthaariges und ein schwarzes Rosettenschwein.

„Sie sollen nicht länger in ihrem Käfig warten müssen. Lasst sie uns direkt mit Kaninchen und dem anderen Schweini zusammen setzen, um zu sehen, ob sie sich vertragen."

Wir setzten die Neuen in ihre zukünftige Behausung, wo sie sich im Stroh verkrochen. Trotzdem hatte der Kaninchenbock sofort den fremden Geruch wahrgenommen, stürzte sich auf eins der Schweinis und biss es, dass es schrie. Wir verscheuchten ihn, aber bei nächster Gelegenheit biss er wieder zu. Auch das frische Futter konnte ihn nicht ablenken!

„Erst einmal hat es so keinen Zweck. Wir müssen sie trennen." Die Kaninchen kamen in einen Stall mit eigenem Auslauf und die drei Meerschweinchen blieben, wo sie waren, auch mit eigenem Auslauf, aber sie sollten sich erst untereinander anfreunden und wir verschlossen die Klappe nach draußen. „In zwei/drei Tagen lassen wir sie raus", meinte ich. „Ja, dann können sie sich mit den Kaninchen durch den Draht beschnuppern, bevor wir es noch einmal versuchen", war auch mein Mann überzeugt.

Temperaturen um den Gefrierpunkt und ein kalter Wind ließen uns ins Haus flüchten. Bei einer Tasse Kaffee lernten wir Daniela und ihren Bruder ein bisschen näher kennen. Beide setzten sich sehr ein für Tiere, die ausgesetzt oder überflüssig waren oder sonst nicht mehr gebraucht wurden und bemühten sich, diese Tiere neuen Besitzern zuzuführen.

„Bei uns sitzen die Meerschweine nicht in einem kleinen Käfig im Zimmer und langweilen sich zu Tode, wenn sie nicht gerade mal für zehn Minuten gestreichelt werden. Sie leben relativ autark draußen, wir füttern sie gut, öffnen ihnen morgens die Klappe, damit sie raus und rein gehen können, wie sie wollen und abends verschließen wir die Klappe wieder. Aber wir haben keine Zeit, sie täglich stundenlang zu streicheln. Dafür haben sie ihre Freiheit!"

„Es gefällt uns sehr gut, dass sie ihre Freiheit haben und raus und rein gehen können wie sie wollen. Doch, hier haben sie einen schönen Platz erwischt."

Bevor die beiden Menschen uns verließen, warfen wir noch einen Blick in den Meerschweinstall. Alles war ruhig und zumindest diese drei hatten offensichtlich keine Probleme miteinander.

„Tschüß dann und wir telefonieren in einigen Tagen miteinander, ob sich alle vertragen." Ja, gerne." Das Auto entfernte sich und es war an der Zeit, unsere anderen Tiere zu füttern. In der Box der Schwarznasenschafe entdeckte ich ein Lamm, das auf der Seite lag und von selbst nicht mehr aufstehen konnte. „Rolf, wir haben ein krankes Lämmi." „Nein, das schläft doch nur." „Glaub ich nicht. Es liegt auf der Seite, weil es zu schwach ist um aufzustehen. Lass es uns in die Krankenbox bringen." Beim Hochnehmen fühlte es sich sehr leicht an. „Schau mal, ob es Durchfall hat. Ist der Schwanz voller frischem dünnem Kot?" „Nein", beruhigte er mich, „alles trocken." „Na, das ist ja schon mal ein gutes Zeichen. Vermutlich hat die Mutter nicht genug Milch und wenn es um die Körner im Trog geht, drücken die Alttiere die Lämmer garantiert zur Seite. Die Kleinen bekommen nichts ab."

Ich versuchte, das Lamm zum Fressen zu bewegen, aber es nahm nichts an. Dicke Strohscheiben klemmte ich seitlich neben dem Tierchen zur Stütze fest, damit es aufrecht liegen konnte und der Pansen nicht abgedrückt wurde. „Wenn der Pansen nicht richtig arbeitet, haben wir verloren", erläuterte ich meinem Mann. Auch das Köpfchen stützte ich mit Strohscheiben, um es nicht absacken zu lassen. Dauernd hockte ich neben dem Tierchen. „Wenigstens trinkt es!"
Ich war völlig begeistert, als es mit seinem Mäulchen am Nuk der Baby-Flasche rumspielte und plötzlich begann, die Milch zu saugen.

Und bald knabberte es auch an einigen Strohhalmen, aber davon konnte es nicht zu Kräften zurückfinden. Ich holte Gerste und Hafer und jetzt kaute es gierig etliche Körner. „Na bitte, es geht doch, du kleines Lämmi, weiter so, ja, gut." Etwa jede Stunde hockte ich mich zu ihm ins Stroh und freute mich über jedes Körnchen, das es fraß. „Die Nacht musst du jetzt alleine überstehen und wehe, du hälst nicht durch!"

Am nächsten Morgen lebte es noch. Alle ein bis zwei Stunden ging ich in den Stall und reichte Wasser, Mineralfutter und Körner, bis mir die Idee kam, es einmal mit den guten vier-Korn-Flocken aus unserem Laden zu versuchen. Die schmecken ihm! Immer, wenn es das Knistern der Tüte vernahm, hob es seinen Koch und sah mich erwartungsvoll an. Der Tag machte mich sehr froh, denn nun trug es seinen Kopf von selbst wieder hoch. Es war Silvester und die Nacht kälter als die vorangegangene. Das Wasser in den Tränkeimern war bald gefroren. Das Lämmi lag allein in seiner Box, während sich alle anderen Tiere eng aneinander kuscheln konnten. Ich suchte ein altes Schaffell und deckte es damit zu. Es war sowieso zu schwach, um sich zu bewegen, also würde das Fell während der Nacht auch nicht verrutschen.

Als die Silvester-Knallerei begann, standen wir bei unseren Tieren. Die Pferde hatten sich offensichtlich im Laufe der vielen Jahre daran gewöhnt, dass es einmal im Jahr knallt, pfeift und Raketen ihr Licht in die Nacht tragen, sie blieben ruhig. Die Schafe und Ziegen sind jedes Jahr von neuem aufgeregt und ängstlich und nur unsere beruhigenden sanften Worte vermochten sie etwas abzulenken. Zwischendurch blieb einen Moment Zeit, dass wir Zweibeiner uns ein gutes Neues Jahr wünschen und mit einem Glas Sekt darauf anstoßen konnten, doch die ersten drei Stunden des angebrochenen Jahres hockte ich neben Lämmi, bis ich in mein Bett kroch.

Neujahr. Vor dem Frühstück schaute ich direkt nach unserem kleinen Lamm und hoffte, es würde mich so selbstbewusst anschauen wie am Vortag. Ich hatte zuviel erwartet. Es lag zwar noch zugedeckt unter dem Fell, doch es hob weder bei Ansprache den Kopf noch beim Knistern der Flockentüte, es mochte weder fressen noch trinken. Vielleicht schläft es noch halb nach der langen Nacht, überlegte ich mir und wollte ihm noch etwas Ruhe gönnen.

„Heute werde ich den Meerschweinen die Klappe öffnen. Es ist ein sonniger Tag und wenn sie wollen, können sie in ihr Freigehege", erklärte Rolf beim Frühstück „Gut, und ich möchte das Lämmi zu uns ins Warme holen. Es hat eben gar nicht auf mich reagiert und hier in der Küche kann ich es auch besser beobachten. Können wir eine große Kiste bauen?" „Wie soll ich das machen? Ich habe keine großen Bretter und kann heute nirgendwo welche kaufen."

Angestrengt überlegten wir, bis ich eine Idee hatte. „Wir haben doch noch so einen Drahtkäfig als tragbares Gehege für Glucken mit Küken. Wenn wir den rumdrehen, brauchen wir nur einige Bretter als Boden hinein zu legen und wir haben eine schöne große Kiste." „Und wo soll die stehen?" „Na, direkt hier, neben meinem Küchenstuhl."

„Weißt du, wie groß die ist?" „Einen Meter mal Einmeterfünfzig. Dann können wir uns nicht mehr bewegen in der Küche." „Sie passt eventuell im Flur unter die Treppe." Und genau dort passte sie hin, so als ob unser Haus speziell für diesen Fall gebaut worden wäre. Das Lämmi zog zu uns ins Haus, doch es lag unbeweglich und wie tot im Ställchen. Es reagierte kaum auf mich und erst recht nicht auf Futter oder Wasser. Am späten Nachmittag löste meine Tochter mich ab. Sie hatte draußen ein paar Brombeerblätter gefunden und hielt sie dem Tierchen vor die Nase. Gleichzeitig massierte sie den kleinen Bauch. Und da konnte endlich die Luft entweichen, die unser Lamm gequält haben musste. Etwas später zitterte es und viele Köttel fanden ihren Weg nach draußen. Den restlichen Abend wurde das Lamm massiert und bald fraß es wieder, wenig, aber immerhin. Die Massage wirkte stimulierend und es hob auch wieder selbst seinen Kopf. Später wurde es müde und schlief ein, begrüßte mich dafür am Morgen und ich wollte heute mit guter Laune

frühstücken.
Es sollte nicht sein.

„Wir haben gestern leider Tiere verloren", begann Rolf, „aber du warst so mit dem Lamm in Sorge, dass ich es dir nicht sagen konnte. Gestern um 15 Uhr habe ich die Kaninchen und Meerschweinchen gefüttert, alles war ok, und als ich um 17 Uhr die Ställe schließen wollte, lagen sie tot im Stroh."

Das konnte nicht wahr sein. „Hast du irgendeine Erklärung?"

„Ja, leider. Ich hab sie mir eben genauer angesehen und sie waren alle blutig im Genick. Es sieht so aus, als ob da Zahnabdrücke waren und dicke rote Flecken im Nacken. Und eine unserer Enten war auch blutig, aber sie läuft noch rum."

Ein befreundeter Jäger erklärte uns am Telefon, dass diese Art des Tötens nur dem Wiesel zugeschrieben werden könne. Das Wiesel töte in einem Rausch alle Tiere durch Biss ins Genick und sauge sie dann aus. Nun hatten wir zwar eine Erklärung. Aber wir waren sehr traurig. Unsere schönen Bartkaninchen hätten im Frühjahr Junge bekommen sollen und vor allem die beiden neuen Meerschweinchen sollten bei uns Freiheit haben, so weit das möglich war. Dafür mussten sie einen hohen Preis bezahlen. Nur das Lämmi machte uns Freude. Es fraß und trank immer besser.

Am Nachmittag saßen wir mit unserem Steuerberater in der Küche. Plötzlich sprang Rolf auf. „Hörst du den Lärm im Hühnerstall? Ich muss sofort nachschauen." Er stürmte zur Haustüre hinaus. Ich hörte ihn fluchen und nahm den direkten Weg durch das Küchenfenster und da stand er vor mir, keine zwei Meter entfernt: ein Fuchs. Gemächlich, ohne Eile, trollte er sich Richtung Wald. Vermutlich war er sauer auf uns, weil wir ihn beim

Fressen gestört hatten. Zwei Hühner lagen tot im Stall, alle übrigen waren blutig, lebten aber noch. Wir schlossen die Klappe und der nächste Tag zeigte, dass sie überlebt hatten.

Es ist uns völlig unerklärlich, warum an zwei aufeinander folgenden Tagen die Wildtiere in unsere Ställe eindrangen und beide Male am helllichten Tag, zuerst das Wiesel und dann der Fuchs. Wir können es nur zurückführen auf die Kälte und den gefrorenen Boden. Vermutlich finden sie momentan nicht genug Beutetiere im Wald und haben Hunger.

Nur das Lamm erfreut uns weiterhin, es wird es schaffen.

Wieder einmal stellten wir die Richtigkeit eines Spruches fest: Wo Licht ist, ist auch Schatten, wo Tod ist, ist auch Leben.

Lange bevor wir mit einem VW-Bus durch die Weltgeschichte reisten und ganz lange bevor wir unsere Gärtnerei gründeten, wohnte ich mit meinem späteren Mann in einer Zwei-Zimmer-Wohnung in einem Kölner Vorort, für Köln schon fast ländlich.

Es war ein sonniger, aber frostiger Tag, der 1. November, Feiertag. Das schöne Wetter lockte uns nach draußen und warm verpackt spazierten wir mit unserem Hund am Rheinufer entlang. Durch das alte Poll führte uns der Rückweg durch kleine schmale Gassen und fast wieder zu Hause angekommen bemerkten wir unseren Vermieter in seinem Garten. Er hatte Holz umgeschichtet und schien auf uns zu warten.

„Hallo, ihr zwei, wollt ihr mal gucken kommen, was ich gerade gefunden habe?"

Neugierig traten wir näher und sahen ein winziges Igelchen in seiner Hand. „Na, ich glaube nicht, dass es hier draußen eine Chance hat", meinte er. „Was mache ich denn jetzt damit? Ich dachte, ihr könntet vielleicht versuchen, es durch den Winter zu päppeln" und damit gab er es mir. Es sah schlafend aus und fühlte sich furchtbar kalt an. Und natürlich wollte ich unbedingt dieses Igelchen retten. Mit Hund losspaziert, kehrten wir nun mit Hund und Igel nach Hause zurück.

„Peter, das ist ja noch ein Baby, so ein Winzling, ich werde es zuerst einmal wiegen."

80 Gramm zeigte die Waage an und in meinem Igelbuch hatte ich bereits nachgelesen, dass Igel ein Gewicht von etwa 800 Gramm haben sollten, um unbeschadet durch den Winterschlaf zu kommen.

Wie tot lag es in meiner Hand und wir betrachteten es ausgiebig. „Mensch, fühl mal, die Stacheln sind noch ganz weich, so als ob es gerade erst geboren wurde." „Ja", erwiderte er, „und schon voller Flöhe." „Worauf du immer achtest!" Nach längerer Zeit in meiner Hand bemerkte ich, dass dieses Igeljunge wärmer wurde. Ganz aufgeregt war ich, als es sich etwas bewegte. Noch länger hielt ich es in meinen Händen, aber dann wollte ich noch etwas anderes erledigen. Wir hatten einen Schuhkarton weich ausgepolstert und da hinein legte ich mein Igelchen. Bald schaute ich wieder nach dem Kleinen. Es bewegte sich nicht mehr. Als ich es wieder in die Hand nahm, fiel mir erneut seine Kälte auf. In meinen Händen wurde er wieder warm, zurück im Karton überfiel ihn erneute Kälte.

„Der kleine Igel denkt, er muss Winterschlaf halten und senkt seine Körpertemperatur ab, sobald er im Karton liegt," sprach ich meine Gedanken laut aus. „Mag ja sein, aber dann kannst du ihm nicht helfen, wenn er in unserer warmen Wohnung immer wieder kalt wird. Du kannst ihn ja nicht tagelang in der Hand halten und morgen müssen wir pünktlich um sieben Uhr im Botanischen Garten wieder zur Arbeit antreten."

Peter hatte Recht. Nur in meinen Händen blieb das Igelchen warm, aber ich musste noch anderes tun als ihn rund um die Uhr in Händen zu halten.

Was sollte ich nur tun?

Peter begann zu kochen und meine Gedanken rotierten.
„Er braucht Wärme, Körperwärme, aber er muss nicht unbedingt in Händen gehalten werden. Ich könnte ihn doch unter dem Pullover in den Steg meines BHs legen."

„Na dann viel Vergnügen! Abgesehen davon denke ich, dass du etwas verrückt bist."

„Genau und deshalb wohnst du mit mir zusammen! Außerdem glaube ich, dass das ein guter Platz ist für das Igelchen, weil er gleichzeitig meinen Herzschlag spürt und dadurch bestimmt warm bleibt."

Das war also geklärt. Das Igelchen bekam seinen Platz. Und ich hatte Recht, es blieb warm und zwischendurch bemerkte ich auch, dass es sich etwas bewegte. Wie gut, dass die Stacheln noch so weich waren! Den restlichen Tag verbrachte ich vor allem sitzend, las mein Igelbuch vorwärts und rückwärts und machte mir Gedanken über die Nacht. Ich wollte nicht, dass er im Karton kalt wird. Also musste er bei mir bleiben. So angezogen wie ich war, legte ich mich auf dem Rücken ins Bett und ich habe mich wohl während der ganzen Nacht kein einziges Mal gedreht. Dafür bedankte sich das Igelchen mit körpereigener Wärme.

Und am Morgen konnte ich nicht arbeiten gehen und den kleinen Kerl den ganzen Tag über sich selbst überlassen. Unser Hund fuhr ja auch mit, warum also nicht auch das Igelchen.

Leider hatte ich als Gärtnerin keine sitzende Tätigkeit und schon nach kurzer Zeit bemerkte ich, dass das Igelchen zu rutschen begann. Ich stopfte T-Shirt und Pullover in meine Jeans. Sollte er doch rutschen, rausfallen würde er nicht! So hatte ich meine kleine Kugel auf dem Bauch über dem Hosenbund liegen und ich nannte ihn „Ulcus", mein kleines Magengeschwür. An diesem Platz war er warm und blieb es auch.

Drei Tage und Nächte trug ich den Igel unter dem Pullover. Ab dem vierten Tag versuchte er nicht mehr, seine Körpertemperatur herab zu senken. Er hatte es geschafft, bekam mein Zimmer als „Stall" und ich konnte endlich den Pullover wechseln!

Im Frühjahr war er zu einem kräftigen Igel herangewachsen. Wir setzten ihn im Garten aus und ich hoffte, er würde sich das dargebotene Katzendosenfutter regelmäßig abholen kommen, aber er suchte schleunigst das Weite und wir sahen ihn nie wieder. Er hatte wohl genug von Verrückten!

Puerto Vallarta

Puerto Vallarta liegt an der Westküste Mexikos, immer noch weit im Norden und ist dadurch von den USA aus relativ gut zu erreichen. Wir waren auf dem Landweg durch die Sonora Wüste südlich gefahren und hatten viele kleine Dörfer und einsame Ansiedlungen gesehen und Puerto Vallarta hatten wir uns anders vorgestellt, einfacher, ruhiger, einheimischer. Uns erwartete eine Stadt, die vom Tourismus lebte: ein fast schon hektisches Zentrum, überall Geschäfte, Banken, chaotischer Verkehr, dabei die Häuser ordentlich herausgeputzt, die Straßen und Plätze für mexikanische Verhältnisse sauber und gut gepflegt, aber überall Amerikaner mit drei Kameras vor dem Bauch, die Damen grell geschminkt und behangen mit Schmuck. Der Griff in die Hosentasche förderte den Dollar hervor, den die Amerikaner zückten und der Mexikanerin in die Hand drückten, um ein Photo von ihr zu machen.

Sehr schnell erkannten wir, dass hier ohne Dollars nichts lief.

Dies war nicht unsere Welt. denn wir waren ein ganz anderes Reisen gewöhnt.

Wir – das waren zu diesem Zeitpunkt drei Paare, alle unterwegs mit ihren VW-Bussen und wir hatten uns unterwegs kennen gelernt. Wir waren alle etwa ein halbes Jahr auf Reisen, denn die Jahreszeiten bestimmten die Reiseroute und die Reisegeschwindigkeit und so traf man irgendwann einmal auf alle VW-Busse, die etwa zeitgleich auf der Panamerikana dem Süden zu steuerten. Mit diesen beiden Paaren verstanden wir uns so gut, dass wir beschlossen, eine Zeit lang gemeinsam zu fahren und so landeten wir in Puerto Vallarta.

Nein, diese Stadt war nichts für uns. Dieser Trubel, dieses Geschäftsgebaren überall. Wir fühlten uns von Anfang an unwohl und wollten weiterfahren, aber der Kalender sagte uns, dass es Samstag Vormittag sei und unsere Vorräte waren ziemlich aufgebraucht. Es bot sich an, in dieser Stadt einzukaufen und die notwendigen Dinge zu erledigen.

Wir mussten lange suchen, um drei Parkplätze zu finden, die nah beieinander lagen, denn wir wollten unsere Busse zusammen parken. Endlich hatten wir Glück, doch waren unsere Fahrzeuge sofort umringt von Kindern. One Dollar wollten sie haben, um die Busse zu bewachen. Gewappnet für solche Situationen konnten wir sie herunterhandeln auf drei Kulis, die wir in größerer Zahl aus Deutschland mitgebracht hatten, um sie verschenken bzw. einhandeln zu können. Das war also geklärt und wir wussten unsere Fahrzeuge gut aufgehoben und bewacht. Wir wollten alle zuerst zur Bank, denn nur bis zwölf Uhr konnten wir unsere Traveller Checks dort gegen Pesos wechseln. Schon wollten wir losstürmen, als Gabi uns zurück rief.

„Leute, ich muss mal. Ich kann jetzt nicht zur Bank." Sie klang recht kläglich.

Nun gibt es in Mexiko keine öffentlichen Toiletten oder zumindest damals gab es keine und wir hätten aus der Stadt heraus fahren müssen, um ein ruhiges Örtchen zu suchen. Dazu reichte aber nicht die Zeit. Was sollten wir also tun?

Gut, dass einer von uns ein sparsamer und vorausschauender Schwabe war. Er hatte sich schon in Böblingen eine solche Situation ausgemalt und sich gerüstet. Er schloss seinen Bus auf, suchte kurze Zeit und kam dann zu uns zurück, eine große Plastiktüte in der Hand schwenkend.

„Gabi, ich hab was für dich", hörten wir ihn schon von weitem. „Zieh die Vorhänge vom Bus zu und dann nimm die Tüte! Mach nachher einen Knoten rein."

Gabi zierte sich zuerst, aber was sollten wir machen?

Die Gardinen wurden zugezogen und wir anderen lehnten uns verständnisvoll an einen anderen Bus, umringt von den Kindern, die wir so ablenkten.

Es dauerte nicht lange und Gabi erschien. Sie wirkte irgendwie befreiter.

Dachten wir schon, das Problem hätten wir gelöst, meldete sich nun Bernd, ihr Mann und Mitfahrer. Er druckste ein bisschen herum, was gar nicht seiner Art entsprach.

„Bernie, komm, erzähl, was ist los?" drängten wir ihn.

„Also hört mal, ich kann doch die Tüte nicht im Auto lassen. In dieser Hitze hier entwickeln sich ganz schnell Gase und nachher wird es im Auto stinken."

Wieder standen wir zusammen und überlegten, bis Bernd selbst eine Lösung fand.

„Ich hänge sie einfach an den Außenspiegel. Wenn wir nachher die Stadt verlassen haben, können wir sie entsorgen."

Gesagt, getan.

Wir gingen zur Bank, kauften ein und schauten uns trotzdem noch ein bisschen um in der Stadt.

Endlich kehrten wir zurück zu unseren Bussen und wollten uns einen ruhigen Schlafplatz irgendwo am Meer suchen.

Plötzlich starrten wir alle Bernie an.

Er klatschte in die Hände, schlug sich auf die Schenkel und lachte, lachte.

Wir anderen wurden neugierig und erkundigten uns nach dem Grund seiner Erheiterung.

„Die Tüte", prustete es aus ihm heraus, „die Tüte am Außenspiegel."

Vor Lachen konnte er kaum sprechen.

„Die Tüte, die Tüte wurde geklaut!"

„Scheiße", vernahmen wir Klaus im Hintergrund und dann bogen wir uns vor Lachen.

Nächtliche Begegnung

Seit einigen Monaten wohne ich in der Eifel und genieße die tolle Natur um mich herum. In der Gegend, in der ich vorher wohnte, wachsen die Dörfer fast ineinander und es gibt nur wenig Freiflächen zwischen den Orten.

Hier führen mich meine Hundespaziergänge schnell aus dem Dorf heraus, durch Wiesen und Wälder und nur sehr selten begegne ich anderen Spaziergängern. Dafür erfreue ich mich an den Blumen und wunderbar angelegten Wegen, die durch die Wälder führen.

Und jede Nacht vor dem zu Bett gehen gibt es noch einen langen Spaziergang für die Hunde. Unsere Junghündin kann noch nicht so lange aushalten. Bevor ich also am nächsten Morgen putzen muss, gehe ich lieber noch eine Stunde spazieren. Die ersten Male war ich sehr überrascht. Kaum hat man das letzte Haus hinter sich gelassen, geht man durch die Finsternis. Am alten Wohnort gab es überall Lichter und der Lichtschein Kölns war am Horizont immer auszumachen. Hier herrscht Dunkelheit. Dafür leuchten die Sterne am Himmel, wie ich es vorher nicht kannte und einzig der Mond erhellt je nach seinem Stand die Landschaft. Und es ist still. Total still, wenn nicht der Wind durch die Wipfel weht. Ein großartiges Gefühl, nachts durch diese Natur zu wandern und ich kenne inzwischen sehr viele verschiedene Wege in dieser Gegend.

Nun sprach ich voller Begeisterung mit einem der neuen Nachbarn über meine nächtlichen Wanderungen. Der Nachbar ist Jäger und er erklärte mir, dass dies gefährlich sei. Abgesehen davon, dass ich nachts das Wild stören könnte, dürfte ich nicht die Wildschweine vergessen, von denen unzählige die Eifelwälder bewohnen.

„Wenn man auf eine Rotte trifft und zwischen das Muttertier und die Frischlinge gerät, greifen die Tiere sofort an. Ich selbst konnte mich einmal nur retten durch einen Schuss in die Luft. Das vertreibt die Tiere," erzählte er. „Und Wildschweine sind von der Abenddämmerung bis zum Morgengrauen aktiv. Wir haben sehr viele Schwarzkittel in unserer Gegend und Sie gehen besser mit den Hunden auf den Straßen entlang als durch den Wald."

„Aber die Hunde werden die Schweine ja wittern und mich dadurch rechtzeitig darauf aufmerksam machen," entgegnete ich noch ziemlich selbstsicher.

„Vermutlich, wenn Sie nicht gegen den Wind laufen. Und nun, im Herbst, ist Brunftzeit. Es laufen viele Keiler allein durch die Wälder auf der Suche nach ihren Damen. Hoffentlich begegnen Sie nicht solch einem Tier. Keiler haben bis zu 30cm lange Hauer und sind sehr aggressiv. Wenn Sie die Fluchtdistanz von ca 30-40m unterschritten haben, wird solch ein Keiler angreifen. Versuchen Sie etwas zwischen sich und ihn zu bringen, denn mit seinen Hauern kann er Ihnen das Bein aufschlitzen oder auch Ihre Hunde."

„Mmmmh."

Unsicherheit beschlich mich und vorbei war es mit den sorglosen Nachtwanderungen. Bisher hatte ich eine normale Taschenlampe, die gerade mal den Weg vor mir ausleuchtete. Meine neue Taschenlampe lässt mich auf etwa 100 Metern den Weg erkennen und ich bewege mich nun laut schlurfend vorwärts, damit mich sämtliche Keiler schon von weitem hören und „Reiß aus" nehmen können! Meine Wege sind auch keine Wege mehr durch die Wälder, sondern Radwanderwege oder Straßen. Trotzdem führen sie immer wieder auch durch Waldstücke und die könnten einem Keiler auch gefallen!

Auch heute Nacht beschäftigten mich die Wildschweine in Gedanken, während ich lautstark mit den Hunden durch die Nacht ging.

Vor vielen Jahren besuchte ich einen Nationalpark in Nepal und auf der damaligen Wanderung wollte uns der einheimische Führer gern die Tiger und Nashörner des Parks zeigen. Er zeigte uns frischen Tigerkot und frische Nashornspuren und erzählte uns etwas über die Nashörner. So groß wie ein VW-Bus greifen auch sie an, wenn man ihnen zu nahe kommt. In solch einem Fall, erklärte er, würden wir am besten auf einen Baum klettern und wenn gerade keiner in der Nähe sei, müssten wir laufen, schnell laufen, denn Nashörner könnten auch sehr schnell laufen. Aber um uns zu trösten, meinte er, dass Nashörner nicht gut sehen könnten und so wäre es ganz sinnvoll, das T-Shirt oder irgendetwas anderes auszuziehen und hinter sich zu werfen, denn das Nashorn würde sich dann auf das Kleidungsstück stürzen und man selbst hätte Zeit zu entkommen. Einmal war er wohl nicht schnell genug gelaufen, denn eine große Narbe auf seiner Wange zeugte von dem Horn eines solchen Dickhäuters. Damals wollte ich gar keine Nashörner mehr treffen und war glücklich, als wir wieder in unserem Camp angelangt waren.

Ob Wildschweine wohl auch schlecht sehen können, ging es mir durch den Kopf, während ich mit der Taschenlampe vor mich hin leuchtete.

Plötzlich machte die junge Hündin einen riesigen Satz nach vorn und nur die Leine hielt sie davon ab, sich zu entfernen.

„Kaya, spinnst du? Was soll das denn? Kannst du nicht ordentlich neben mir gehen?" schimpfte ich laut wie ein Rohrspatz.

Und dann hörte ich das Geräusch. Es drang an mein Ohr, aber nicht in meinen Kopf, dieses Grunzen. Lange Zeit hatten wir Hausschweine gehalten und dieses Geräusch war mir dadurch vertraut. Dann wieder Gegrunze und lautes Quicken.

Verdammt. Eine Rotte Wildschweine, direkt im Wald neben der Böschung. Der Waldrand war gerade mal acht Meter vom Straßenrand entfernt.

Wieder grunzen und quicken.

Ich zog automatisch mit den Hunden auf die rechte Straßenseite, als ob vier Meter Asphalt mich retten könnten und hetzte mit ihnen vorwärts Richtung Dorf, dabei den Kopf rückwärts gewandt, um sehen zu können, wann sie kommen würden.

Und dann wurde es laut. Äste knackten unter den Füßen etlicher Tiere, als auch sie zu laufen begannen, aber Gott sei Dank in die entgegengesetzte Richtung, Richtung Waldesinnerem, denn sie konnte der Wald retten.

Ich hatte Glück gehabt. Vermutlich hatten die Tiere mich gehört, als ich so lautstark mit der Hündin schimpfte und vermutlich waren sie genauso erschrocken gewesen wie ich. Trotzdem: vor lauter Aufregung zitterte ich noch, als ich schon lange wieder zu Hause war.

Ich erinnere mich aber sehr gut an die Nordamerikaner, die nur mit Glöckchen auf Hundespaziergang in den Rocky Mountains unterwegs sind, damit die Bären sie schon von weitem hören und Reiß aus nehmen können. Sollten Sie mal auf einer Nachtwanderung durch die Eifel ziehen und lautes Geläut hören, kommen Ihnen keine Messdiener bei der Wandlung entgegen - dafür werde ich mit den Hunden gleich um die nächste Kurve biegen!

Aufruhr in der Küche

Bevor wir auf unsere große Reise gingen, hatten wir alles gekündigt oder verkauft, den Arbeitsplatz, die Wohnung, das Auto, denn wir wussten gar nicht, ob wir überhaupt wiederkehren würden nach Deutschland, aber nun war es doch so weit. Nach 1 ½ Jahren Reisen standen wir am Kölner Hauptbahnhof und Mütter und Geschwister waren zur Abholung erschienen. Nach diesem freudigen Wiedersehen verbrachten wir die folgenden Tage mal im Haus der einen Mutter und mal im Haus der anderen.

Meine Mutter war „dran".

In den langen Jahren ihrer Witwenzeit hatte sie sich sehr gut an die Rolle des Chefs gewöhnt und sie bestimmte, was geschehen sollte, vor allem in der Küche.

Mein Mann war leidenschaftlicher Koch und da wir in den ersten Tagen langsam wieder zu Hause ankommen wollten, ließen wir uns Zeit mit Arbeits – und Wohnungssuche. Trotzdem brauchten wir Beschäftigung und er schlug vor, sich um das Essen zu kümmern.

Das erste von ihm zubereitete Mittagessen war ein Auberginenauflauf. Der Auflauf sah aus wie einer Zeitschrift für gutes Essen entsprungen und duftete verführerisch.

„Was ist das denn?"

„Auberginenauflauf, Mama."

„Kenn ich nicht, mag ich nicht."

„Och Mama, dann probier doch erst mal und lerne es kennen."

Der Auflauf war köstlich, doch meine Mutter stocherte sichtlich unwirsch in ihrem Essen herum und wir waren froh, als wir abräumen konnten. Ihre schlechte Stimmung war unübersehbar.

„Hör mal," ließ mein Mann seinerseits seinen Unmut heraus, als wir allein im Garten saßen, „so habe ich keine Lust zum Kochen. Sie hätte doch wenigstens mal probieren können."

„Vielleicht kennt sie ja wirklich keine Auberginen, Peter. Vielleicht war das für sie zu exotisch und es war unser Fehler, dieses Gericht auszusuchen. Vielleicht kochst du morgen mal eher was ganz Normales?"

An den folgenden Tagen gab es deutsche Gerichte, aber irgendetwas stimmte nie. Zu viel Salz, zu wenig Salz, es fand sich immer etwas, was Peter nicht richtig gekocht hatte.

Nach einigen Tagen stand der Wechsel zu der anderen Mutter an und Peter versuchte abermals sein Glück. Es gab Kartoffeln, Gemüse und Frikadellen. Alles war wunderbar und wir waren gespannt, ob meine Mutter denn dieses Mal zufrieden wäre.

Sie aß mehrere Gabeln und dann hörten wir es:
„Du hast zu heiß gekocht."

Ich kann nicht richtig in die Tastatur meines Computers hauen, weil sie davor liegt.

Ihr einnehmendes Wesen ist grenzenlos und sie beansprucht 100%ige Liebe.

Sie ist eine sehr große, sehr starke norwegische Waldkatze, sechs kg schwer, langhaarig, schwarz mit einer weißen Brust und kleinen weißen Flecken an den Pfoten. Und in ihrem schwarzen Gesicht trägt sie einen kleinen weißen Punkt, rechts neben der Nase.

Dieser kleine weiße Punkt ist der Grund, dass sie heute neben mir liegt.

Und dabei ist sie gar keine „Sie", sondern ein „Er", ein sehr großer schwarz-weißer kastrierter Kater.

Meine Tochter gab ihm bei seiner Geburt den Namen „Mini-me", wohl angelehnt an irgendeine Kindersendung.

Lange hielt sich der Name nicht und aus Mini-me wurde Miene, DIE Miene. Seinem Katerverhalten hat das keinen Abbruch getan.

Aber die Geschichte beginnt woanders:
Meine Tochter war befreundet mit einem Mädchen, deren Mutter Katzen züchtete, norwegische Waldkatzen, langhaarig, wunderschön. Viele Zuchtkatzen hielt sie und immer wieder ging sie mit ihren Katzen auf Ausstellungen. Mehrmals begleitete meine Tochter ihre Freundin und deren Mutter auf Katzenausstellungen und Gesa, meine Tochter, kannte bald die Katzen sehr gut und hatte eine besonders ins Herz geschlossen: Pixi, eine wunderschöne silbergrau getigerte Katze, die auch schon Preise auf

den Ausstellungen gewonnen hatte. Pixi, so wunderschön sie war, hatte aber ein sensibles Wesen und wurde von den anderen Zuchtkatzen untergebuttert. Sie versteckte sich vor den anderen Tieren unter Sesseln und Schränken und ihre Angst vor den Großen zeigte sich überdeutlich, wenn sie in ihren Verstecken Pippi machte. Nun hatte die Katzenzüchterin keine Zeit und Lust, hinter Pixi immer hinterher zu putzen und sie entschloss sich, diese Katze abzugeben. Als die Katzenzüchterin sah, wie traurig meine Tochter wurde, als potenzielle Pixi-Käufer sich meldeten, um das Tier zu begutachten und eventuell zu kaufen, hatte sie als Mutter einer gleichalten Tochter ein großes Herz für die Gefühle meiner Tochter und überraschte Gesa damit, dass sie ihr Pixi schenkte.

Gerade zu dieser Zeit waren wir in der außergewöhnlichen Situation, keine Katzen unser Eigen nennen zu können, da unsere Katzen eine nach der anderen an Altersschwäche gestorben waren und ich sowieso an neue Katzen dachte. Kein Problem also, Pixi bei uns aufzunehmen. Bei uns musste sich Pixi auch nicht gegen andere behaupten, da es keine anderen gab. Nie musste ich hinter ihr sauber machen. Vor dem Wechsel zu uns war Pixi eine Hauskatze mit Freigehege. Nun stand unsere Haustür immer offen und Pixi eroberte sich nach und nach ihre Welt. Schon sehr bald legte sie uns die ersten Mäuse zu Füßen. Und natürlich dauerte es auch nicht lange, bis sie den Ruf eines Katers vernahm. Sie wurde trächtig und wir alle freuten uns bald darauf über die Geburt von drei Katzenbabies. Ein kurzhaariges graues Katerchen lag neben einer langhaarigen grau getigerten Katze und daneben lag ein langhaariges schwarz-weißes Katerchen mit einem kleinen weißen Punkt im schwarzen Gesicht. Wir wollten die langhaarige graue Katze behalten. Die Kinder eines Freundes träumten von eigenen Katzen, wollten gerne zwei der Babies übernehmen und freundeten sich mit allen an.

Die Katzenbabies wurden älter und der Zeitpunkt war gekommen, zwei der Kleinen an die Kinder unseres Freundes abzugeben. An jenem Morgen besprachen wir im Familienrat die Abgabe der Tiere und Gesa und ich mochten alle drei Babies, obwohl wir uns auf die langhaarige graue Katze eingestellt hatten. Mein Mann äußerte sich plötzlich so, dass ihm das Katerchen mit dem weißen Punkt im Gesicht am besten gefallen würde. Ein Katerchen zwar, aber für ihn das schönste Jungtier.

Er fuhr ins Büro, Gesa ging in die Schule und ich stand vor der Entscheidung.

Mittags erschien unser Freund mit seinen beiden Töchtern, die die kurzhaarige graue und die schwarz-weiße abholen wollten. Vorsichtig fragte ich bei ihrem Vater nach, ob er sich vorstellen könne, auch die beiden grauen zu nehmen und die schwarz-weiße bei uns zu lassen.

Seine Töchter hatten kein Problem damit und so blieb Miene mit ihrem weißen Punkt im schwarzen Gesicht bei uns, ganz entgegen der ursprünglichen Planung, eine Katze behalten zu wollen. Miene lernte sehr schnell alles von seiner Mutter und überall lagen die Reste von gefangenen und halb gefressenen Mäusen herum.

Da hörte Pixi wieder den Ruf eines Katers und sie wurde wieder tragend. Miene lief bis dahin immer mit seiner Mutter mit, aber die Hormone brachten Pixi dazu, ihren Sohn auf Abstand zu halten und er suchte sich seine eigenen Wege.

Während Pixi beim zweiten Wurf fünf Junge zur Welt brachte, lernte Miene die Katzen der Umgebung kennen. Er wurde ein potenter Kater und deckte wohl etliche Katzen.

Nun sind Katzenbabies ja herzallerliebst und ich muss zugeben, dass wir Miene darüber etwas vergaßen. Wir schütteten uns aus vor Lachen, wenn die fünf Kätzchen anfangs durch das Zimmer meiner Tochter sprangen, dann das Haus und die Menschen samt Hündin erkundeten und bald auch vor die Haustür gingen. Mit hoch aufgerichtetem Schwanz und zu Größe aufgerichtet sprangen sie seitlich und versuchten, ihren Geschwistern zu imponieren oder sie rasten vor lauter Lebensfreude einfach vor und wieder zurück und führten Schaukämpfe aus, um bald darauf in irgendeiner Ecke aneinander gekuschelt einzuschlafen. Miene beobachtete die Dinge aus der Entfernung, es schien ihr suspekt zu sein und sie hielt auch zu uns Abstand. Auf den Arm nehmen und streicheln war nicht gestattet.

Bitte nicht diese Nähe. Futter dürft ihr mir geben und ich schlafe auch im Haus, wenn mir danach ist, aber das bestimme ich selber, so schien sie zu denken.

Die Wochen gingen dahin, zwei kleine Kätzchen wurden abgeholt und drei blieben bei uns, wurden größer und bekamen ein eigenes Gesicht, einen eigenen Charakter. Naftaline wurde nach einer Stadt in der Sahara benannt, weil sie sandfarben getigert war, Tigris blieb unser Tiger-Baby. Diese zwei waren junge Katzen. Der dritte im Bunde hieß Samson und sein Pech war, dass er ein KATER war, pechschwarz, ohne ein weißes Haar, aber mit seidigglänzendem Fell. Ein sehr schönes Tier. Mama Pixi ließen wir kastrieren und sobald die Kleinen mit neun Monaten ausgewachsen waren, wurden auch sie zum Tierarzt gebracht, gemeinsam mit Miene, die inzwischen gut eineinhalb Jahre zählte. Nach kurzer Zeit sprangen die nun großen Kleinen herum wie immer, nur Miene schien mit der Kastration mehr Probleme zu haben. Sie, er, hatte schon gedeckt und die Hormone mussten sich nun neue Kanäle suchen. Das taten sie auch. Miene wurde motzig und aggressiv gegen die Halbwüchsigen, vor allem gegen Samson, den jungen kastrierten Kater, der auch einiges kleiner blieb als Miene.

Eine Hetzjagd begann. Kaum hatte Miene Samson irgendwo erspäht, stürzte sie sich auf den Kleineren, sprang ihm auf den Rücken und biss sich fest. Samson schrie vor Todesangst und konnte sich von dem großen Tier auf seinem Rücken nicht befreien. Dauernd hörten wir nun seine Angstschreie und ich raste immer in die Richtung der Schreie, brüllte Miene schon aus der Ferne an und versuchte, die beiden zu finden, um sie zu trennen und Samson ins Haus, in Sicherheit zu bringen. Die Situation eskalierte immer mehr, denn fünf mal oder auch zehnmal pro Tag hörten wir Samson schreien und wussten, was los war. Nicht immer fand ich die beiden, um sie zu trennen. Samson tat mir leid, aber trotzdem hing mein Herz an Miene, diesem großen starken Kater, der nur folgerichtig andere Kater zu vertreiben versuchte. Miene war der Kater schlechthin. Sehr ausgeprägt in seiner Art und gleichzeitig auch ein guter Mausekater, denn wenn er nicht Samson jagte, fing er alles, was seinen Weg kreuzte, Mäuse, Ratten und Vögel.

Leider nahm das Jagen von Samson immer größere Ausmaße an. Samson konnte nicht mehr in Ruhe vor die Haustür gehen, Miene lauerte ihm überall auf und mehr und mehr stürzte sie auch im Haus auf Samson los, biss ihn und der arme Samson machte Pippi unter sich vor Angst.

Der Zustand wurde unhaltbar, nicht nur, weil auch mein Nervenkostüm Schaden nahm. Ging Samson raus, schaute ich schon für ihn mit nach rechts und nach links, versuchte Miene zu erspähen, um sie zu vertreiben. Im Haus beobachtete ich Miene nun permanent und versuchte, Samson nach draußen zu lassen, wenn sich Miene zum Schlaf eingerollt hatte. Wollte sie wieder raus, versuchte ich vorher, Samson ins Haus zu rufen. Beim ersten Geschrei im Haus des Nachts saß ich sofort aufrecht im Bett, um dann in den Flur und die Küche zu stürmen, um die Kater zu trennen.

Trotzdem gelangen unsere Bemühungen nicht, die beiden Kater nicht aufeinander prallen zu lassen.

Das Geschrei erklang immer öfter und meine Nerven blieben auf der Strecke.

Miene musste ein neues Zuhause finden. Ich fragte meinen Tierarzt, ob er vielleicht einen neuen Platz wisse, fragte jeden, den ich fragen konnte, rief in den Tierheimen an, die Mienes Annahme jedoch aus verschiedensten - mir teilweise fadenscheinig erscheinenden - Gründen ablehnten und das Geschrei ging weiter.

Samson war kurz davor, völlig neurotisch zu werden.

Auf Anraten einer Tierheilpraktikerin versuchte ich es mit Globuli, aber Mienes Wesen ließ sich weder ändern noch unterdrücken. Es half nichts.

Da entschloss ich mich zu einer Verzweiflungstat.

Miene war groß und stark. Sie konnte autark leben.
Ich wollte ihr ihre Freiheit im Wald geben.
Wo könnte sie leben?

Ich suchte mir ein nicht allzu weit entferntes Seitental, fernab von stark befahrenen Strassen, aus. Zwei Dörfer gab es dort, Bauernhöfe und Reiterhöfe und vor allem Wald, viel Wald, ein Naturschutzgebiet.

Dort wollte ich ihn hinbringen.

Abends erzählte ich in der Familienrunde von meinem Entschluss und wurde entgeistert angeschaut.

„Du willst sie aussetzen?" fragten Mann und Tochter wie aus einem Munde.

„Wenn ihr wollt, könnt ihr das so nennen, ich nenne es aber ihr die Freiheit schenken."

Wir diskutierten noch lange, aber keinem fiel eine andere Lösung ein.

Am nächsten Abend kam Miene in den Katzenkorb und gemeinsam fuhren wir mit unserem Kater in dieses Seitental. Am Ortsausgang des einen Dorfes hielten wir an, ich öffnete den Korb und Miene sprang heraus.

Da stand sie, mitten auf der Strasse, schaute sich um und versuchte sich zu orientieren. Mein Herz schien zerbrechen zu wollen, als ich sie so dort stehen sah und ich ging auf sie zu. Ich glaube, ich hätte sie wieder zurück in den Korb gesteckt und zurück nach Hause genommen, aber sie lief in einen Garten und ließ mich nicht mehr an sich heran.

Ich konnte nichts anderes tun, als mich ins Auto zu setzen.
Auf der Heimfahrt übertönte mein Weinen fast die Motorengeräusche.

Von nun an gab es keinen Tag mehr ohne rote Augen. Oft saß ich an meinem Schreibtisch und starrte aus dem Fenster, weil ich dachte, gleich würde Miene den Weg hinuntergelaufen und nach Hause kommen.

Im Auto transportierte ich nun immer eine Dose Katzenfutter samt Löffel und bei jeder sich bietenden Gelegenheit fuhr ich durch dieses Seitental auf der Suche nach ihr, aber sie ließ sich nicht blicken.

So unglücklich ich war, um so gelassener wurde Samson. Nach zwei bis drei Wochen hatte er so viel Selbstvertrauen zurückerlangt, dass er nicht mehr geduckt durch seine Welt lief. Er wirkte richtig befreit und blühte auf.

Auch die Ruhe und Entspannung auf unserem Hof war wohltuend.

Trotzdem heulte ich jeden Tag.

Etwa sechs Wochen später brachte ich meinen Mann zu einer Werkstatt, wo er unseren Traktor abholen wollte. Auf der Rückfahrt nahm ich den schon gewohnten Umweg durch das Seitental.

Es war ein sonniger warmer Herbsttag und da sah ich sie.

Auf einer sehr großen Wiese, ca 150 m von der Strasse entfernt, saß etwas Schwarzes mit einer leuchtend weißen Brust.

So schnell hatte ich noch nie mein Auto angehalten. Mit Katzendose und Löffel lief ich auf den schwarzen Punkt zu. Würde sie weglaufen? Ich verlangsamte meinen Schritt und rief sie schon von weitem. Etwa zwei Meter vor ihr blieb ich stehen und rief sie. Sie hatte sich bis jetzt keinen Millimeter vom Fleck gerührt, aber nun kam sie auf mich zu und ließ sich streicheln. Das Katzenfutter verschlang sie in einem Rutsch und schnurrte sogar leise, während ich mit ihr sprach und sie streichelte.

„Nun, Miene, wenn du möchtest, nehme ich dich wieder mit nach Hause, dann musst du aber selbst mit mir gehen und wenn dir der Wald inzwischen wichtiger geworden ist, lass ich dir deine Freiheit."

Ich erzählte ihr mehrmals meine Gedanken, bevor ich mich entschloss, zurück zum Auto zu gehen. Und als hätte sie mich genau verstanden, lief und sprang sie neben mir her, die 150m über die Wiese bis zu meinem Auto. Vor der Tür blieb sie sitzen. Ich öffnete die Beifahrertür, setzte sie auf den Sitz, schloss die Tür, ging um den Wagen herum und wollte selbst einsteigen. Aber als ich meine Türe öffnete, sprang sie auf dieser Seite hinaus und ließ mich nicht mehr in ihre Nähe. Auto war wohl zuviel für sie. Was sollte ich jetzt machen?

Ich entschloss mich zum Heimweg. Mein Mann war mittlerweile mit dem Traktor eingetroffen und ich zerrte ihn fast ins Auto.

„Komm, wir müssen Miene holen." Gemeinsam fuhren - oder flogen?- wir zurück zu der Stelle, wo ich Miene zurückgelassen hatte, aber sie war nicht mehr dort. Wir liefen laut rufend die Gegend ab und irgendwann hörte ich ihre Antwort. Sie hatte sich unter dichtem Buschwerk versteckt und auf mein Rufen kam sie heraus. Auf dem Arm trug ich sie dieses Mal ins Auto. Während mein Mann zurückfuhr, saß Miene auf meinem Schoß, aufrecht, stolz, schaute aus dem Fenster und ich glaube, wir waren beide glücklich.

Nur Samson hatte bald wieder zu leiden. Und dieses Mal half uns der Zufall. Ein Bekannter suchte eine neue Katze, da die bisherige an Altersschwäche gestorben war und nahm Samson zu sich. Nun blüht Samson wieder auf.

Und Miene wird bestimmt 100 Jahre auf unserem Hof.

Sperrmüll

Wie jeden Mittwoch Abend saß ich in meinem weißen Lieferwagen und lieferte Gemüse aus.

Alles lief wie immer, bis ich nach Odenthal kam. Schon von weitem sah ich sie, diese großen weißen Iveco Lieferwagen mit polnischem Kennzeichen und sofort wusste ich, dass die Sperrmüllabfuhr angesagt war. Ganz regelmäßig finden sich die Polen mit ihren Autos ein und durchwühlen hektisch alles, was die Menschen vor ihren Häusern an die Straße stellen für die Abfuhr. Einerseits finde ich es ja gut, dass nicht alles auf dem Müll landet, was an der Straße steht, aber andererseits ärgere ich mich doch jedes Mal über diese weißen Ivecos. Will ich eben schnell einen Kunden in einer kleinen, verkehrsberuhigten Straße anfahren, um mein Gemüse abzuliefern, habe ich zwei Ivecos hinter und drei vor mir und dann beginnt ein Rangieren ohne Ende über die Aufpflasterungen und um die Bäume herum in den engen Spielstraßen und das alles am liebsten bei Regen.

So ein Mittwoch war wieder angesagt und ich hatte bereits mehrere dieser Autos umfahren und parkte etwas entfernt vom Haus meines Kunden – vor mir parkte natürlich so ein Iveco auf meinem Parkplatz. Seine Schnauze gegen meine Schnauze und ich sah einen Polen im trockenen Wagen sitzen. Schnell holte ich meine Kiste aus dem Busbauch, lief durch den Regen zum Haus meines Kunden, stellte die volle Kiste ab, schnappte mir die leere Kiste im Retour und hechtete zurück. Wieder im trockenen Auto wollte ich schnell meinen nächsten Kunden ansteuern, doch da lief im Dunkeln, im Regen, ein Mann mitten auf der Straße lang. Ich dachte, ah, das ist der Beifahrer, der schnell wieder zurück zu seinem Kumpel und ins Trockene möchte, doch da gab mir dieser Mann Handzeichen, dass ich mal anhalten sollte. Ich ließ das Seitenfenster hinunter und schon begann er zu sprechen in reinstem Deutsch:

„Brauchen Sie ein Sofa, suchen Sie ein Sofa? Ich habe ein ganz gutes."
„Nein danke, ich liefere hier nur mein Gemüse aus. Ich suche keinen Sperrmüll."
„Ach so", antwortete er enttäuscht, „ich habe ein Sofa, das ist zu schade, um es in den Regen zu stellen und erst recht ist es viel zu schade für den Sperrmüll. Wollen Sie nicht ein Sofa haben?"
„Nein. Wirklich vielen Dank, aber ich liefere nur mein Gemüse aus."
„Na dann entschuldigen Sie bitte."

Langsam schloss sich wieder mein Fenster, aber die Gedanken schossen mir durch den Kopf. Meine Tochter war vor sechs Wochen nach Marburg umgezogen, um mit ihrem Studium zu beginnen und ihr Zimmer stand nun leer. Ich wusste noch nicht genau, zu welchem Zweck ich dieses Zimmer nun benutzen wollte, aber ich könnte ja mal mit einem Sofa anfangen. Die Fensterscheibe schob sich wieder hinunter.

„Was ist das denn für ein Sofa?" wollte ich wissen. „Ist es ein rotes oder grünes oder wie sieht es aus?"
„Es ist ein ganz gutes Sofa, so gemustert, gar nicht durchgesessen, wissen Sie, aber meine Frau wollte unbedingt ein neues haben und es ist viel zu schade zum Wegwerfen."
„Ja wo steht es denn? Ist es hier in der Nähe, dann schaue ich es mir mal an."

„Nein, hier ist es nicht, ich wohne in Osenau und dort ist es, im Hasenfeld, aber, ach du lieber Gott, meine Frau weiß gar nicht, dass ich hier herumfrage!"
„Osenau passt prima, genau dort wohnt mein nächster Kunde. Dann fahren Sie doch einfach vor und ich folge Ihnen."
„Ja, ja, wunderbar, also immer hinter mir her. Ich hätte es sonst den Polen angeboten, aber kommen Sie schauen." Mir schien, er tanzte fast zurück zu seinem Auto, winkte mir, dass ich folgen sollte und so fuhren wir nach Osenau, ins Hasenfeld. Vor einer Auffahrt parkte er, sprang aus seinem Auto heraus und zeigte mir, wo ich parken sollte. Es regnete Bindfäden und bei solch einem Wetter wäre ein Sofa draußen wirklich sofort unbrauchbar geworden. Wir stiegen die Treppe zur Haustüre hoch.

„Aber bitte, putzen Sie sich gut die Schuhe ab, bitte gut abputzen."
„Klar."
Im erleuchteten Hauseingang sah ich, dass er um die 70 Jahre alt sein musste und durch die Glastüre erkannte ich nun auch innen eine etwa gleichalte Frau.
„Kommen Sie", meinte er zu mir und winkte mich hinein. „Leni, wir schauen nur schnell das Sofa an", und schon zog er mich ins Wohnzimmer. Dort standen wir vor seinen geliebten Möbelstücken, ein Sessel, ein Zweier- und ein Dreier-Sofa.

„Na? Sehen Sie? Die sind doch noch völlig in Ordnung" und schon setzte er sich in den Sessel, sprang wieder auf und wendete sich erneut an mich: „Setzen Sie sich doch mal, gar nicht durchgesessen, setzen Sie sich doch mal, ist das nicht bequem?"

Ich setzte mich, während er sofort auf dem Zweier-Sofa Platz nahm. „Auch hier müssen Sie sich mal hinsetzen. Das ist auch gar nicht durchgesessen. Probieren Sie es aus. Gefällt es Ihnen?"
Während ich auch das Zweier-Sofa ausprobierte, ging er zurück

zu dem Sessel, drehte ihn etwas um und erklärte stolz: „Schauen Sie, der ist nicht kaputt oder so. Sehen Sie, völlig in Ordnung, auch unten drunter." Und schon versuchte er, den Sessel auf den Kopf zu stellen, um ihn mir von unten zu zeigen.

„Sie brauchen ihn nicht umzudrehen, ich glaube Ihnen sofort. Ich sehe ja, dass alles in bester Ordnung ist, aber sagen Sie mir, was Sie denn dafür haben wollen."
„Nichts natürlich, Hauptsache, Sie nehmen es mit, denn sonst geb ich es den Polen, die nehmen es sofort. Ist nicht noch alles tadellos? Wissen Sie, meine Frau findet, dass die Sitzflächen so grau sind und jetzt will sie was Neues und glauben Sie, diese neuen Sofas sind doch heute alle so niedrig, da kommt man ja gar nicht wieder hoch."
„Gut, dann nehme ich den Sessel und das Zweier-Sofa, aber ich habe mein Auto jetzt voller Gemüsekisten, jetzt kann ich es nicht einladen und das Dreier-Sofa kann ich nicht gebrauchen, es ist zu groß, dann ist mein Zimmer direkt vollgestellt. Den Sessel und das kleine Sofa könnte ich nächste Woche Mittwoch am Vormittag abholen kommen, wenn es Ihnen passt?"
„Wunderbar!"

Wir tauschten noch unsere Telefonnummern aus und ich erklärte ihm, dass das Sofa demnächst in Kürten stehen würde. Seine Augen strahlten, als er mich zur Tür brachte und mir hinterher winkte.

So war es. Zur richtigen Zeit am richtigen Ort!

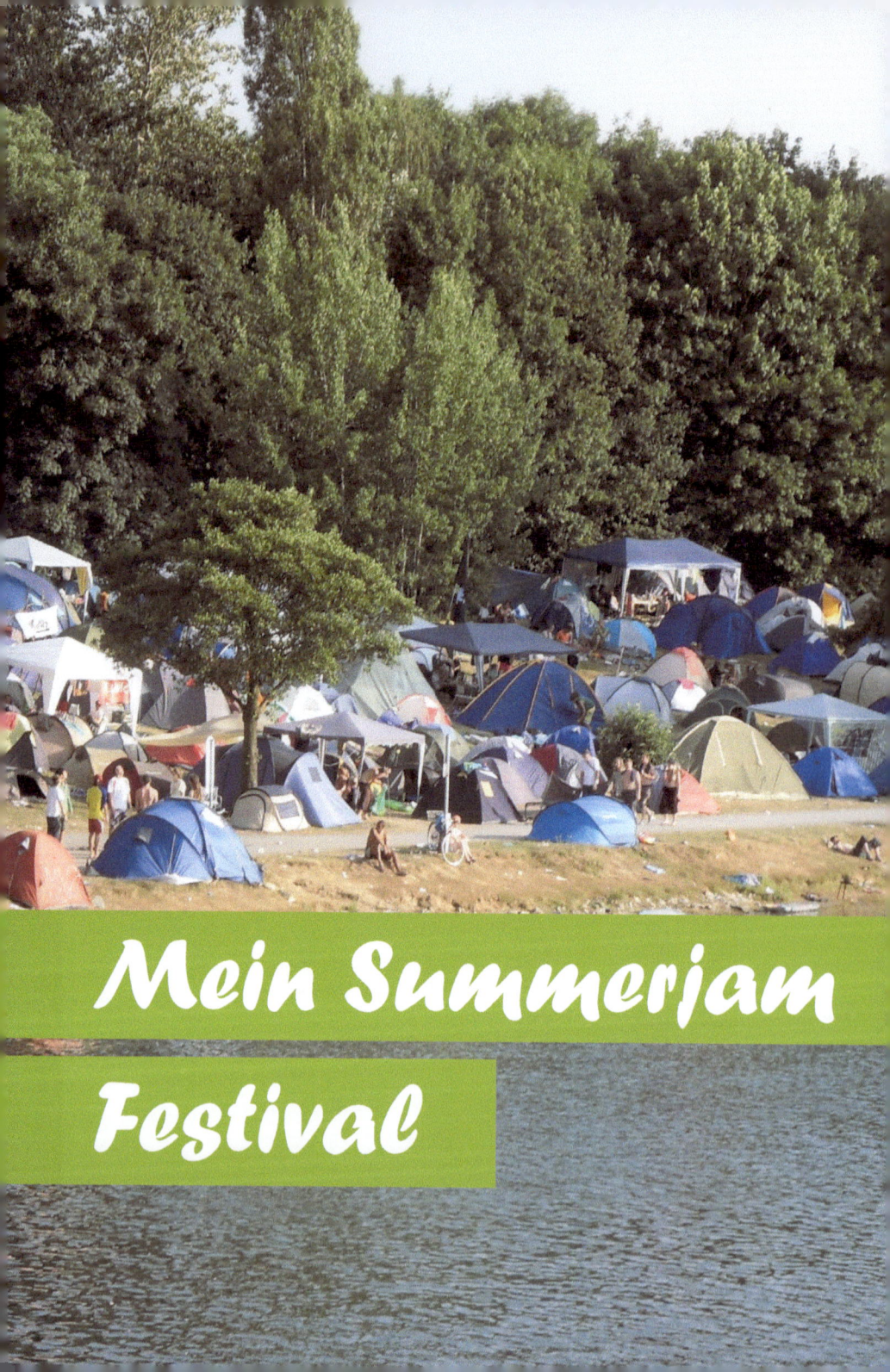

Eine Gärtnerei kann man im Sommer nicht alleine lassen. Jeden Tag muss man die Pflanzen versorgen, gießen, ernten und an Urlaub ist nicht zu denken, schon gar nicht an gemeinsamen Urlaub.

Trotzdem hatte ich dieses Jahr Urlaub.

Freitag Abend musste ich wie immer unseren Kunden ihre Gemüsekisten nach Hause liefern, aber danach ging`s los, bis Montag Mittag, und ich fuhr „in die Karibik"... an den Fühlinger See in Köln.

„Summerjam" hieß das Zauberwort, ein Reggae-Festival, das zum 23. Mal am Fühlinger See stattfand.

Reggae-Musik.

Ich liebe sie sehr, obwohl ich gar nicht weiß, wie es angefangen hat.

Ist es der Rhythmus, ist es das Gefühl von positiver Lebenseinstellung, das ich damit verbinde? Ich weiß es nicht genau, aber mir geht es immer gut, wenn ich Reggae höre und ich habe viele Erinnerungen von unseren Reisen an diese Musik:
Mein Mann und ich erreichten San Francisco. Fisherman´s warf. Dort mussten wir hin. Und das erste, was wir sahen, war eine Gruppe von Menschen, die im Halbrund am Hafen saßen, alle mit Trommeln vor sich, wild am Trommeln, alle in Reggae-Rhythmen. Wir staunten nicht schlecht und setzten uns hin und hörten zu. Es war ein Durcheinander, denn einer ging, der andere kam, reihte sich ein und trommelte mit. Ich weiß nicht, wie lange wir saßen und zuhörten, Stunden, aber als wir weitergingen, trommelten diese Menschen weiter. Es war großartig.
Westafrika. Mali. Wir hatten uns drei Wochen Zeit gelassen, mit unserem VW-Bus die Sahara zu durchqueren. Ruhe. Stille. Ein-

samkeit, Wind, Sand, Geröll, 180 Grad Nachthimmel. Nirgendwo funkelten die Sterne schöner als in der Sahara.

Und dann erreichten wir Gao, die erste Stadt in Mali. Wieder unter Menschen. Pulsierendes Leben auf dem Markt, aber nach dem Markt schien die Stadt ausgestorben. Wir gingen staubige „Sandstraßen" entlang, die rechts und links von Lehmmauern begrenzt wurden. Und wir hörten Musik. Endlich schauten wir in einen Innenhof. Afrikaner machten Musik und etliche andere saßen drum herum und hörten zu. Wir trauten uns in diesen Innenhof und wurden freundlich aufgefordert, Platz zu nehmen, auf dem Boden. Die Musikanten hatten natürlich ihre Trommeln, aber im Mittelpunkt stand für uns das Balafon. Dieses Instrument sieht aus wie ein großes Xylophon, nur werden als Klangkörper Kalebassen (=Kürbisse) verwand und so ein Balafon hat schon eine Größe von einem Meter oder vielleicht auch mehr und die Kalebassen hängen von ganz großen Exemplaren bis hin zu den kleinsten unten drunter. Und hier fanden wir die „Roots of Reggae" die Wurzeln, denn aus Afrika stammen die Rhythmen, die die Sklaven damals mit in die neue Welt nahmen und aus denen sich der Reggae entwickelte, wie wir ihn heute kennen.

Karibik. Egal, wo man sich befindet, wo man lang geht, wo man was essen, trinken, einkaufen geht, Reggae tönt aus allen Lautsprechern, Reggae ist allgegenwärtig. Gibt es denn auch andere Musik? Ich denke, in der Karibik nicht!!!

Aber dafür sieht man überall diese Rasta-Typen mit ihren dreads, diesen verfilzten Haarsträhnen, denn ein Rasta schneidet sich nie im Leben die Haare und durch die Naturkrause verfilzen die Haare und die typische Rasta-Frisur entsteht. Die dread locks sind auch ein Zeichen einer bestimmten religiösen Einstellung, die dreads sind Weltanschauung.

Und dazu lächeln diese Menschen immer.

Good vibes, wie sie sagen.

Einer dieser fröhlichen Rastas zeigte mir Barbados, seine Insel. Wir fuhren auf einem holprigen Feldweg zu einer abgelegenen Bucht ohne Touristen (außer mir). Das Bilderbuch-Panorama schlechthin, nein, guthin, denn alles ist positiv. Diese Menschen lachen und verströmen eine positive Lebenseinstellung, wie ich es nie wieder sonst fand. Kokospalmen, gerade zum Himmel gewachsen und einige zum Meer hin sanft gebogen. Oben hingen die Kokosnüsse. Ob ich eine wollte? Klar. „Mein" Rasta Begleiter zögerte nicht lange. Wie ein Äffchen kletterte er am Stamm der Palme hinauf, winkte mehrfach und dann pflückte er mir eine Kokosnuss. Köstlich, diese frische Kokosnussmilch. Herrlich, das Leben.

Diese und weitere Erinnerungen kommen in mir hoch, wenn ich Rastas sehe oder Reggae höre.

Nun gab es schon Anfang der 80er Jahre dieses Reggae Festival in Köln am Fühlinger See und genau so lange schon wollte ich zu diesem Festival, aber immer sah ich mir nach dem Festival nur die Fotos im Kölner Stadt-Anzeiger an und träumte davon, einmal dabei zu sein. Anfangs konnte man noch live die Väter des heutigen Reggae wie Bob Marley, Peter Tosh und andere in Köln sehen, aber mein Mann wollte nie mitkommen und alleine hatte ich damals keine Lust oder Traute - wer weiß, was mich abhielt. Nach all unseren Reisen blieb es aber immer mein Wunsch, einmal dabei zu sein und endlich, 2005, kaufte ich mir meine erste Eintrittskarte.

Meine Tochter sah sie. Das arme Kind hatte ja gar keine andere Chance. Schon in meinem Bauch musste sie sich Reggae anhören, während ich auf dem Lenkrad unseres VW-Busses dazu trommelte. Später streckte sie ihre Beinchen durch das Geländer unserer Wendeltreppe. Ich stand außen vor und tanzte zu Reggae Musik und schwenkte ihre Beinchen im Takt und sie lachte. Als sie meine Eintrittskarte erblickte, sie war damals 15 Jahre alt, bedurfte es keiner großen Überredungskunst und ich schenkte ihr meine Karte.

Gemeinsam mit ihrem Freund zog sie los und beide zelteten dort fast eine Woche lang und kamen mit strahlenden Gesichtern zurück vom Summerjam. „Einmal und immer wieder" schwärmten sie. Seitdem fand man Gesa jeden Sommer auf diesem Festival und ihr gesamter Freundeskreis traf sich mittlerweile jedes Jahr dort, mindestens 30-40 junge Leute aus Kürten und Bergisch-Gladbach.

Obwohl das eigentliche Festival erst freitags startete, konnten sie ab Montag bereits auf dem Gelände ihre Zelte aufschlagen gegen eine normale Campinggebühr.

Im Winter 2008 fragte sie mich nach meinem Geburtstagswunsch. Die Eintrittskarte zum Festival war das einzige, was ich mir wünschte und endlich lag meine Karte vor mir.

2008, das erste Juli-Wochenende, mein erstes Summerjam-Festival. Seit April fieberte ich dem Festival entgegen.

Als gut gelittene Mutter mit großem Lieferwagen hatte ich bereits am Montag Gesa und ihrem Freundeskreis geholfen, all ihre Sachen aus Kürten nach Köln zu transportieren. Montags war das gesamte Gelände noch frei und die jungen Leute suchten sich jedes Jahr denselben Platz aus für ihr großes Gemeinschaftszelt, in dem sie sogar eine richtige Küche aufbauten. Statt Lieferwagen wäre ein LKW richtiger gewesen, um all ihre Sachen zu fahren!

Um ihr großes Zelt herum befanden sich die einzelnen Zelte der jungen Leute und als Gegenleistung für meinen Transportservice wurde mein Zelt auch direkt aufgebaut am Rand ihrer Gruppe und mit bewacht.

Obwohl ich an diesem Freitag durch die Stadt raste, um so schnell wie möglich meine Gemüsekisten auszuliefern, war es doch 20 Uhr geworden, als wir den Fühlinger See erreichten. Ich hatte noch jemand aus der Clique mitgenommen und nun war ich heilfroh darum. Das Festival-Gelände war weiträumig abgesperrt, alle Parkplätze besetzt und ich musste meinen jungen Beifahrer samt unserem ganzen Gepäck, Lebensmitteln und Getränken am Haupteingang auf dem Bürgersteig abladen, dann einen weit entfernten Parkplatz ansteuern und von dort den Shuttle Bus zurück zum Eingang nehmen. Bis ich dort wieder eintraf, war es bereits 22.30 Uhr und mittlerweile war es dunkel geworden.

Obwohl ich sonst kein Handy-Typ bin – es liegt meist mit leerem Akku in einer Schublade – dankte ich dieses Mal der Erfindung der Handys, denn so erwartete meine Tochter uns bereits und wir packten alle unsere „Notwendigkeiten" auf unsere Fahrzeuge. Der junge Mann hatte seinen Bollerwagen beladen und zog los, während ich, ganz Gärtnerin, meine Schubkarre mitgebracht hatte und Lebensmittel, Getränke und Campingutensilien auflud und los schob. Die Zelte standen leider in einiger Entfernung vom Haupteingang und ich musste viel schieben, erheiterte jedoch immer wieder die Menschen, die über meine Schubkarre lachten. Und was ich rechts und links unseres Weges sah, beeindruckte mich doch sehr. Tausende Menschen schienen auch unterwegs zu sein, junge, mittelalte und ältere, Deutsche oder Europäer, Afrikaner und karibische Menschen. Mein Herz schlug schneller, als ich all diese Leute mit ihren langen Rasta-Locken sah und dazu dröhnte über das ganze Gelände Reggae

Musik von den zwei großen Bühnen. Wir schoben unsere Karren am See entlang, tauschten unterwegs unsere Eintrittskarten gegen Armbändchen, die fortan als Eintrittskarte dienten und erreichten einen Platz am Hauptweg, der unseren Zelten am nächsten war. Dort oben irgendwo seien unsere Zelte, meinte meine Tochter und unser Gepäck müssten wir jetzt zwischen den anderen Zelten hindurch dorthin tragen.

Wer von Ihnen einen geordneten Campingplatz vor Augen hat, hätte sich wie ich die Augen gerieben!

Nein, hier wurden die Zelte nicht rechts und links eines Weges aufgebaut, sondern kreuz und quer ohne Weg dazwischen, viele Zelte überkreuzten sich an den Ecken und wir mussten mit unserem geschulterten Gepäck da durch. Von vielen Zelten führten weiße Schnüre hinunter zu den Heringen. Übel waren die mit den schwarzen Schnüren, die man im Dunkeln nicht sah und hoffnungslos dagegen prallte oder dagegen lief und stolperte. Zum Schluss trugen wir zu zweit die Schubkarre zwischen all den Fallstricken hindurch hinauf und ich kettete sie mit einem Vorhängeschloss an einen Baum. Ich wollte mit ihr ja auch wieder zurück! Es war immer noch sehr warm und wir waren geschafft. Ich hatte keine Lust mehr, meine Luftmatratze aufzupumpen. Stattdessen luden wir alles ins Zelt und marschierten sofort zu den Bühnen, um noch die letzten Bands zu sehen. Es reichte gerade mal für die letzten Takte, denn um Mitternacht wurde es still auf den Bühnen. Ende der Vorstellung. Menschenmengen standen redend, trinkend, rauchend überall herum. Es wurde gelacht, gesungen, es gab Stände, an denen man etwas zu essen oder zu trinken kaufen konnte, es gab Gruppen, die ihre eigene Musik machten, andere ließen einfach CDs laufen und ich spürte diese phantastische Stimmung über dem Gelände. Wir tasteten uns im Dunklen zurück zu unseren Zelten, tranken noch ein Bier und ich schlief mit dem großartigen Gefühl

„dabei zu sein" auf meiner nicht aufgeblasenen Luftmatratze ein. Die Baumwurzeln unter meinem Zelt spürte ich eigentlich sofort, aber erst recht am nächsten Morgen!

Aufgewacht.

Die Sonne schien und von allen Seiten ertönte Reggae Musik. Ich kroch aus meinem Zelt und bestaunte im Hellen das Chaos des Zeltplatzes. Die Zelte standen dicht an dicht und ich konnte kaum glauben, dass wir in der Nacht zuvor unseren Weg samt Gepäck da hindurch gefunden hatten ohne größere Verletzungen.

Der gesamte Fühlinger See hatte sich in ein riesiges Zeltlager verwandelt, auf dem 30.000 - 35.000 Menschen voller Begeisterung für die Reggae Musik ihr Lager aufgeschlagen hatten.

Es war bereits sehr warm, die gute Stimmung wehte über das Camp und unzählige Festival-Besucher tummelten sich bereits im See, ihre Haare und sich selbst waschend oder einfach nur schwimmend. Ich dachte direkt, dass ich nicht in diesen See springen wollte trotz großer Kalkmischanlage inmitten des Sees und musste darüber nachdenken, wie unbeschwert Jüngere sind! Waren wir früher auch so? Ich glaube, ja.

Der Fühlinger See bietet einerseits eine Regatta Strecke (wollte schon Reggaetta schreiben!) für Ruderer, aber der eigentliche See dient an 51 Wochenenden Ausflüglern und Spaziergängern zur Naherholung. Nur das 52. Wochenende fällt aus dem Rahmen!

In der Mitte des Sees befindet sich eine Insel, die über zwei Brücken erreicht werden kann. Dort sind die beiden Bühnen aufgebaut, wo die live Musik zu sehen und zu hören ist, obwohl man die Musik auch in abgeschwächter Form in seinem Zelt hören kann, je nach Standort von der einen oder von der anderen Bühne. An den Brückenköpfen fühlt man sich wie am Flughafen. Body check. Vor den Brücken muss man sich in die richtige Spur einordnen – Mädels links, Jungs rechts! In einer langen Schlange rückt man vor bis zu der entsprechenden Person, die eine Leibesvisitation sowie eine Kontrolle der Taschen vornimmt. Getränke dürfen nur im Tetra-Pack oder in Plastikflaschen mit max. 0,5L Inhalt auf die Insel mitgenommen werden, Glasflaschen sind verboten und vor den Absperrungen liegen hunderte von vorher geleerten Bierflaschen auf der Straße.

„Bändchen?"
„Ja, hier, hab ich."

Nach einem kurzen Blick auf das Bändchen an meinem Arm schaute sie in meine Tasche.

„Was ist das?"
„Mein Tabak."
„Nur Tabak?"
„Klar nur Tabak – das fragst du mich in meinem Alter?"
„Aber natürlich frage ich dich. Die Ältesten sind die Schlimmsten!"

Mit diesen Worten wendete sie sich wieder der Warteschlange zu und ich konnte gehen. Die Kontrollen auf Waffen und Drogen werden zwar durchgeführt und ein Messer würde man normal nicht durch die Kontrolle bringen, aber Drogen? Vor den Bühnen zogen Rauchschwaden mit dem unverwechselbaren Geruch an mir vorbei! Trotz Kontrollen waren alle Besucher super Stimmung und absolut friedlich und ließen diese Leibesvisitationen ohne Murren über sich ergehen.

Auf der Insel gibt es die rote und die grüne Bühne. Beide haben genug Abstand zueinander, dass man vor einer stehen kann ohne die andere zu hören.

Auf der grünen Bühne hört man überwiegend neuere Musik, während auf der roten Roots-Reggae Gruppen auftreten, also solche, die den ursprünglicheren Reggae spielen.

„Wir gehen zur roten?" fragte meine Tochter.
„Keine Frage", und ohne große Mühe gelangten wir durch die Menschenmenge bis ganz nach vorne vor die Bühne. Die meisten tanzten zu dieser rhythmischen Musik, einige schwenkten Fahnen und immer, wenn die Musik besonders gut gefiel, wurden die Arme der Bühne entgegen in die Luft gestreckt und geschwenkt. Die Musik war toll, die Stimmung großartig, love and peace, wie früher, meine 52 Jahre waren weggewischt!!!

Leider haben sie mich dann doch recht schnell eingeholt, denn die riesigen Lautsprecherboxen waren nicht weit von uns entfernt und während uns die Sonne auf den Kopf brannte, dröhnten die Bässe aus den Lautsprechern und ich musste mich von der Bühne entfernen. Diese Lautstärke war für mich ohne Kopfschmerzen nicht zu ertragen. In etwa 50 Meter Entfernung fand ich einen guten Platz, von dem ich im Schatten eines Baumes die Bühne auch im Blick hatte und die Musik dröhnte sowieso über den gesamten Platz. Ich genoss es, die Leute zu beobachten, eine bunte Mischung aus allem, was man sich so vorstellen kann. Ganz „normale" junge Leute in T-Shirts und Shorts, Europäer oder Afrikaner, Familien, deren kleine Kinder auf den Schultern der Eltern saßen und fleißig Fahnen schwenkten, hell- und dunkelhäutige Menschen mit dread locks, die manchmal in allen Richtungen wirr vom Kopf abstanden und manchmal als lange Mähne über die Schultern fielen. Und so viele tanzten, allein für sich selber oder auch in Gruppen, alle voller Begeisterung. Und allen gemeinsam war dieses positive Lebensgefühl. Neben den Bühnen findet man auf der Insel die unterschiedlichsten Verkaufsstände. Man kann essen und trinken, afrikanisch, karibisch oder ganz deutsch, man kann shoppen, Klamotten, Musik CD`s, Schnitzereien und Schmuck oder man kann einfach auf einer großen Wiese chillen, wie das neudeutsch heißt, also relaxen, mittelneudeutsch, oder einfach die Seele baumeln lassen, altdeutsch.

Man kann jeden ansprechen und kommt sofort ins Gespräch. Man kann lachen über die verrücktesten Typen, kann Musik hören ohne Ende, tanzen und man fühlt sich auch mit 52 Jahren nicht als Oldie, denn das Altersspektrum reicht von 1 bis 70 Jahren oder noch älter.

Ganz spannend fand ich die Friseurstände.

Da saßen sie und ließen sich neue Frisuren machen. Es waren vor allem Frauen, die die afrikanische Haartracht bevorzugten. Die Haare wurden in unzählige kleine Zöpfchen geflochten und wer kurze Haare hatte und gern lange wollte, dem wurden Extensionen eingeflochten, die aber immer unnatürlich aussahen. Der Vorteil der geflochtenen Zöpfe liegt auf der Hand: man kann die Haare wieder entflechten und sieht nach dem Festival aus wie vorher.

Aber es gab auch Mutige, denen die Haare zu dread locks verfilzt wurden und die bekommt man anschließend nicht mehr auseinander. Entweder trägt man sie weiterhin oder man muss sich die Haare sehr kurz abschneiden, um so die verfilzten Haare wieder loszuwerden.

Fasziniert schaute ich zu, wie so viele Köpfe sich veränderten und plötzlich wollte ich einen dread haben, nur einen einzigen.

Kein Problem. In Windeseile hatte die Friseuse aus einer Haarsträhne einen dread gefilzt, aber es war bei meinen langen dünnen Haaren ein mini-dread. Wie beim Flechten ziehen sich die Haare hoch und verlieren durch das Einfilzen einen Teil ihrer Länge. Dafür wurde mein mini-dread mit Kokosnussöl eingerieben und eine Woche lang habe ich mir die Haare nicht gewaschen, um diesen köstlichen Kokosnuss-Geruch nicht abzuwaschen.

Abends, wieder vor der roten Bühne, kam ich mit Martina ins Gespräch. Sie war meine Altersgruppe und trug dread locks. Wir sprachen darüber, da sie meinen dünnen kleinen dread erblickt hatte und ich erzählte ihr, dass ich mir das eigentlich anders vorgestellt hätte.

„Och, mach dir nichts draus, das ist normal, dass die Haare nachher sehr viel kürzer aussehen. Aber schau mal hier", und sie hielt mir einen ihrer dreads entgegen. „Meine Tochter hat sich die Haare abgeschnitten und ich habe eine ihrer abgeschnittenen Strähnen in diesen dread eingefilzt."

Das war die Idee. Ich brauchte nur die ausgefallenen Haare aus meiner Haarbürste zu sammeln und in den kleinen dünnen dread einzufilzen. So entstand ein schöner langer dickerer dread und je mehr Haare ich gesammelt hatte, um so mehr dreads trug ich am Kopf. Aber es dauerte lange und irgendwann kam ich auf die Idee, vor allem meine Tochter und zwei Freundinnen zu bitten, für mich auch Haare zu sammeln, denn alle hatten lange Haare ungefähr in meiner Haarfarbe und nach etwa vier Jahren hatte ich rundherum meine Mähne.

Drei wundervolle friedliche Tage am See schlossen ab mit einem großen Feuerwerk. Während die Menschen gerade noch den letzten Tönen gelauscht hatten, gingen nun „Aaah`s" und „Oooh`s" durch die Menge ob der bunten Farben und prächtigen Formen am Himmel.

Und doch waren alle melancholisch, weil diese schöne Zeit vorbei war.

Ein Jamaikaner mit wilder Haarpracht, mit dem wir ins Gespräch gekommen waren, erklärte uns voller Begeisterung:

„We'll meet again, next year, same place, same time."

Ein Kaninchen kommt selten allein

Katzen fangen Mäuse, aber Pixi, unsere norwegische Waldkatze, fängt alles. Mäuse, Ratten, Vögel, Maulwürfe und sogar schon mal eine Elster und eine Krähe schleppte sie an. An diesem Morgen war es aber was anderes.

„Rolf, was bringt Pixi? Was trägt sie da im Maul?" fragte ich meinen Mann, der selbst noch rätselte. „Komm, lassen wir versuchen, sie einzufangen und nachzuschauen."

Ihre neue Beute entpuppte sich als ein junges Kaninchen, noch völlig unverletzt und es gelang uns, der Katze das kleine Tier abzunehmen. Schnell wurde eine große Kiste mit Heu und Stroh ausgelegt und da saß es nun und schaute uns mit seinen großen dunklen Augen an.

Klaus, unser Mitarbeiter, züchtete Kaninchen und er war sofort zur Stelle.

„Höchstens drei oder vier Wochen alt ist es", meinte er. „Es muss in diesem Alter noch bei der Mutter trinken, aber die werdet ihr nicht finden und könnt es ihr nicht zurückgeben. Ihr werdet es vermutlich aber ohne die Mutter nicht durch bekommen, es ist noch zu klein", war seine fachmännische Einschätzung.

„Mmmh, was machen wir also jetzt? Klaus, du züchtest doch auch Zwergkaninchen. Verkauf uns eins und wir setzen es zu dem kleinen Zwerg. Vielleicht schaut das Kleine dem anderen ab, was man als Kaninchen so alles fressen kann." Ich wollte nicht so schnell aufgeben. „Gut, wir können es versuchen, aber wenn es überlebt, setzen wir es später wieder im Wald aus." Rolf hatte sofort die Rahmenbedingungen festgelegt und so sollte es sein.

„Ja und wo sollen sie wohnen?" erkundigte er sich. „Och, oben am Eingangstor in dem Gerätehäuschen vielleicht?" Die beiden Männer sahen sich an und ich merkte direkt, dass mein spontaner Einfall Aussicht auf Erfolg haben könnte.

Während ich nach Futter für unser kleines Ziehkind suchte, fachsimpelten die beiden Männer vor dem Gerätehäuschen und es dauerte nicht lange, da sah ich sie mit Holz, Sägen, Hammer und allem, was man so braucht, zur Tat schreiten. Nun wurde im Innern des Häuschens eine Ecke abgetrennt, vorne wurde ein Stück der Holzwand herausgeschnitten und ein altes Sprossenfenster eingesetzt, denn Licht sollte es im Stall auch geben. Bis zum Abend war der Stall fertig. Das kleine Wildkaninchen konnte in das neue Haus umziehen und das Zwergkaninchen setzten wir direkt dazu. Schon sehr bald kuschelten sich beide aneinander. Das beste Futter legte ich hinein, dazu eine Schüssel mit Wasser und jetzt mussten wir abwarten.

Der nächste Tag war gerade lang genug, um vor dem Häuschen einen Kaninchenauslauf zu bauen, denn Kaninchen brauchen frische Luft und Bewegung. Rolf und Klaus schlugen Pfosten in die Erde, hoben einen Graben aus, in den sie bis auf etwa 60cm Tiefe Draht hineinlegten und oberirdisch auf 80 cm hochzogen. Alles sah sehr stabil aus. Fehlte noch eine Klappe zum Raus- und Reingehen. Eine Scheibe des Sprossenfensters wurde durch eine Holzklappe ersetzt und eine Stiege führte nun vom Fenster nach draußen in den Auslauf, natürlich mit Querstegen, damit die Kaninchen Halt haben, wenn sie die steile Stiege benutzen.

„Da habt ihr aber tüchtig gearbeitet, nur ein bisschen langsam", neckte ich sie, als ich das zwei-Tage-Werk begutachtete. Sehr ordentlich und ausbruchsicher sah alles aus. Für die Kinder unserer Kunden wollten wir ohnehin einen kleinen Streichelzoo anlegen mit Kaninchen und Meerschweinchen zum Anfassen, aber dass es jetzt so schnell geschehen würde, hatten wir noch gestern Morgen selbst nicht geahnt.

Zufrieden konnten wir den Arbeitstag beenden.

Leider hielt die Freude nicht lange an. Rolfs erster Weg am nächsten Morgen hatte ihn zu dem neuen Stall geführt. „Unser Wildkaninchen ist gestorben", begrüßte er mich in der Küche. „Oh wie schade! Das tut mir aber leid."

Ich trank meinen Kaffee und plötzlich war mir alles klar. „Rolfi, jetzt ist ja das Zwergkaninchen alleine. Das können wir aber nicht machen. Klaus muss uns noch ein Zwergkaninchen verkaufen, welches wir dazu setzen können, damit das erste nicht so verloren ist in dem großen Stall" und ohne eine Antwort abzuwarten, wählte ich schon Klaus Telefonnummer. Nicht lange und das erste Zwergkaninchen hatte ein zweites dabei. Jetzt schien alles gut. Am Nachmittag wollte ich nun selbst einmal unsere angehenden Streicheltiere streicheln, aber ich erlebte eine Überraschung. Vermutlich durch den Umzug waren die Kaninchen völlig panisch und sprangen bis unter die Decke ihres Ställchens. An ein Streicheln war nicht zu denken. Das änderte sich auch nicht am nächsten und am übernächsten und am überübernächsten Tag.

„Hör mal, Rolf, so werden das nie Streicheltiere, so können wir das nicht lassen. Wir müssen was unternehmen. Wir müssen sie zähmen und ich schlage vor, dass wir die beiden in einem

normalen Kaninchenstall in die Küche stellen. Zuerst können sie sich an die Geräusche gewöhnen und dann an unsere Hand."
Die Zwerge zogen um in unsere Küche. Aber sie gewöhnten sich nicht an die Geräusche und an die Hand schon gar nicht. Nach vier Wochen gaben wir auf.

„Klaus, könntest du dir vorstellen, die Kaninchen wieder zu dir zurück zu nehmen?
„Klar, kein Problem. Ich hole sie direkt ab."

Damit war unser neuer Kaninchenstall samt Freigehege verwaist.

„Ist ja schade um den schönen neuen Kaninchenstall", begann Rolf das Thema. „Ja, tut mir auch leid und ich habe darüber nachgedacht. Wir halten alles alte Tierrassen und es gibt ja auch eine alte Kaninchenrasse, die inzwischen sehr selten geworden ist, die Bartkaninchen. Ich werde mal in unserer Arche-Gruppe nachfragen, wir haben doch Züchter von Bartkaninchen in unserer Gruppe. Vielleicht haben sie Tiere, die sie abgeben wollen." Am folgenden Wochenende fuhr ich durch das Bergische Land und zurück brachte ich eine Häsin und einen Rammler, Bartkaninchen natürlich, etwa vier Monate alt und zahm.

„Die sehen ja lustig aus mit ihrem wuscheligen Fell", lautete die übereinstimmende Meinung unserer Kunden und seitdem gibt es keinen Verkaufstag, an dem nicht Eltern mit ihren Kindern unsere Bartkaninchen besuchen.

„Mama, du hast doch gesagt, Meerschweinchen halten die Ratten ab?" hörte ich meine Tochter sagen, kaum dass sie ihren Schulranzen in die Ecke gestellt hatte.

„Ja, warum?"
„Weißt du, in meiner Stufe ist die Tanja, die hat ein Meerschwein

und die hat nicht mehr so viel Freude an dem Tier. Das könnten wir doch zu den Kaninchen setzen?"
„Also gut. Das können wir ausprobieren, aber wenn die Kaninchen das Meerschwein beißen, muss Tanja es zurücknehmen."

Und ein Meerschwein kommt selten allein. Auch im Dorf hatte ein Junge nicht mehr so viel Freude an seinem Tier und so ist unser Meerschweinchen auch nicht allein.

Und damit es bei uns keinem langweilig wird, bauen die beiden Männer inzwischen an den neuen Kaninchenstall einen weiteren Kaninchenstall an, natürlich mit eigenem Freigehege, denn die Häsin wird immer runder und lange werden die Bartkaninchenjungen nicht auf sich warten lassen.

„Na Pixi, da hast du mit deinem Kaninchenfang eine schöne Lawine ins Rollen gebracht", sprach ich später zu meiner Katze und sie schnurrte mir zufrieden entgegen.

Rote Bete Bunde

Im Sommer schmecken die ersten frischen rote Bete ganz besonders süß und saftig, aber erst einige wenige sind schon dick genug, um geerntet werden zu können. Für die rote Bete-Fans unter unseren Gemüsekunden sammeln wir schon im August die ersten große Früchte aus dem Beet heraus und verkaufen sie nicht lose nach Gewicht, sondern bündeln immer vier Stück zusammen.

Mein Mann kam vom Feld zurück und hatte einige schöne Knollen gefunden. Mit dem Wasserschlauch wurden sie abgespritzt, um die Erde abzuspülen. Dann entfernte er gelbe Blättchen und mit einem Bändchen bündelte er sie.

Stolz kam er in unseren Verkaufsraum und legte sie auf die Theke. Sie sahen sehr appetitlich aus.
Einer Kundin waren sie sofort ins Auge gefallen.
„Kann ich auch ein halbes Bund haben?" fragte sie.

Ich sah meinen Mann an. Er hatte keine Lust, ein halbes Bund zu verkaufen, wo er sich gerade alle Mühe gegeben hatte, so schöne Bunde zusammen zu stellen. Aber er wollte die Kundin auch nicht vergraulen. In seinem Kopf arbeitete es.
Was würde er antworten?

„Du sollst nicht trennen, was der Herr zusammengefügt."
Zuerst schauten wir alle verdutzt, aber dann hatte er die Lacher auf seiner Seite.

Mit Kinderaugen betrachtet sind unsere Feste etwas Wunderschönes. Das gar nicht kommerzielle St. Martinsfest mit all den selbstgebastelten bunten Laternen oder Weihnachten mit seinem festlichen Schmuck und den liebevoll ausgesuchten und verpackten Geschenken. Ganz anders Karneval. Einmal im Jahr können die Kinder ihren Traum von der Prinzessin oder dem Indianer leben. Meine Tochter liebte aber ganz besonders den Osterhasen, der die leckeren bunten Ostereier und Süßigkeiten im Garten versteckte.

Es war Ostern und wir saßen in der Küche am Frühstückstisch. Eine Giebelseite unseres Hauses zeigte nach Osten und im unteren Teil des Hauses öffnete eine Glasfront über fast die gesamte Giebelseite den Blick hinaus in unsere Gärtnerei. Im Sommer konnten wir so bereits beim Frühstück auf die Arbeit schauen, die uns draußen erwartete. Aber im Frühjahr genossen wir den Blick auf die vielen Frühlingsblumen.

Gesa wippte unruhig auf ihrem Stuhl herum.
„Mama, war der Osterhase denn schon da?"

In der Nacht hatte es geregnet und ich hatte noch keine Lust gehabt, durch das nasse Gras zu gehen, um Verstecke zu suchen. Sollte die Sonne erst einmal alles wieder etwas trocknen.

„Nein, Gesa, ich habe ihn noch nicht gesehen. Ich denke, er ist ja heute sehr beschäftigt und er braucht ein bisschen Zeit."

Wir blieben noch etwas am Tisch sitzen und erzählten mit Gesa. Dabei schauten wir öfters aus dem Fenster hinaus und plötzlich traute ich meinen Augen nicht. Ein großes Tor bildete den Eingang zur Gärtnerei und es stand fast immer offen. Vom Tor führte ein breiter Weg zu unserem Haus und noch nie vorher und niemals später passierte, was in diesem Moment passierte: ein Hase hoppelte durch das Tor und den Weg hinunter.

„Gesa, schau mal", rief ich, nun selbst ganz aufgeregt, „da kommt er gerade, der Osterhase!"

Alle Augen schauten zum Fenster hinaus und mein Mann und ich grinsten uns an. Gesa aber war völlig aufgelöst, dass sie den Osterhasen sehen konnte. Sie war sprachlos und drückte ihre Nase an der Fensterscheibe platt.

Der Hase hatte vermutlich etwas gehört, drehte um und hoppelte wieder zum Tor hinaus.

Nun mussten wir uns beeilen. Mein Mann lenkte das Kind ab, während ich die Ostereier versteckte und Gesa endlich suchten durfte.

Welch ein tolles Geschenk der Natur, dass dieser Hase genau zur richtigen Zeit in die Gärtnerei gehoppelt kam.

Längst lachten ihre Freundinnen über den Osterhasen, aber Gesa hielt noch lange fest an ihrem Glauben an ihn, denn sie hatte ihn ja selbst gesehen!

Ungeduld tut selten gut

Rosenmontag.
Als Nicht-Karnevalist hatten wir einen normalen Arbeits-Vormittag im Betrieb. Nachmittags hatte ich mich jedoch bei Freunden angemeldet und verließ gut gelaunt deren Haus gegen 17 Uhr. Auf dem Hinweg musste ich einen großen Umweg fahren, da eine Ortschaft für den Verkehr gesperrt war. Na klar, der Rosenmontagszug. Unser eigenes Auto stand schon länger in einer Werkstatt, da mir ein junger Autofahrer eine Woche vorher bei Schneetreiben in die Seite gefahren war und seitdem fuhr ich einen Leihwagen, das größte und längste Auto, das ich je gefahren hatte, einen Lieferwagen mit sehr langem Radstand wie ihn die Auslieferungsfahrer für Pakete steuern. Unser eigenes Fahrzeug ist kürzer und damit wendiger, aber ich hatte mich in den vergangenen Tagen gut an dieses lange Fahrzeug gewöhnt und mittlerweile machte es mir solchen Spaß, damit zu fahren, dass ich einen Karnevals-Umweg freudig in Kauf nahm.

`Die Umzüge werden ja wohl vorbei sein`, dachte ich für mich, als ich die Heimfahrt antrat und fuhr meinen gewohnten Weg. Die Sperrschilder waren weggeräumt und ich musste lediglich langsam hinter den Reinigungsfahrzeugen hertuckern, als ich durch die vorher gesperrte Ortschaft rollte. Ohne weitere Umwege folgte ich der üblichen Route, gut gelaunt, denn der Regen hatte aufgehört und ein bisschen wenigstens konnte man die Sonne erahnen. Im Radio hörte ich, dass Leute zurück kehrende Kraniche gesehen hatten und es war klar, dass der Frühling auf uns wartete.

Das Leben ist schön, alles super – so war mein Gefühl, doch dann erreichte ich Dürscheid und die Vollsperrung der Ortschaft wegen des Rosenmontagszuges. Keine zwei Kilometer mehr und ich wäre zu Hause und nun sollte ich hier warten oder die Ableitung nehmen und einen Riesenumweg fahren. Jetzt wollte ich aber nach Hause, ohne Riesenumweg und auch ohne langes Warten.

Wenn ich die Ableitung nehme und dann aber hinten herum am Bach entlang zum Ortsende von Dürscheid nach Steg fahre, bin ich gleich zu Hause, kam es mir in den Sinn.

Gesagt, getan.

Ich verließ Dürscheid, durchfuhr ein kleines Dorf und schon fand ich meinen Weg. Die ersten Meter waren geteert, denn der Weg führte zu den Einfahrten zweier Häuser. Dann wurde er schmaler, es wurde ein Waldweg, der an einem Bach entlang führte, aber der Untergrund war trotz des Laubes sehr griffig und ich fuhr weiter, ich fuhr auch dann noch weiter, als der Weg noch schmaler wurde und ein Baum so nah am Weg stand, dass ich mit der Fahrerseite ziemlich schräg die bergseitige Böschung hochfahren musste, aber es ging gut und der Bach sah in der Abendstimmung sehr lauschig aus. Ich fuhr auch noch weiter, als der Weg so schmal wurde, dass die Äste der Sträucher über den Lack meines Leihwagens kratzten und ich auf der linken Seite maximal zehn cm Platz hatte, bevor die Böschung nach unten führte. `Jetzt kannst du nicht mehr zurück, denn dann braucht der Wagen eine neue Lackierung` schoss es mir durch den Kopf und ich war ca 800m gefahren, als die Häuser auftauchten. Noch diese eine Kurve und ich habe es geschafft! – dachte ich. Der Weg war wieder breiter geworden und ich konnte sogar im zweiten Gang fahren. Guten Mutes fuhr ich um die Kurve und da musste ich bremsen. Der Weg verschmälerte sich auf 1,50m, rechts ein Zaun und links Felsbrocken und in der Mitte des Weges, völlig unnötigerweise, ein Absperrpfahl.

Eine Weiterfahrt war unmöglich.

Ok, ok, fahr ich eben zurück, macht ja nichts`, sagte ich mir und legte den Rückwärtsgang ein. Ich will nicht sagen, dass ich ins Schwitzen kam, denn eigentlich kann ich sehr gut rückwärts fahren, aber dieser Weg forderte doch zumindest meine ganze Konzentration. Aus „immer an der Wand lang" wurde „immer die bergseitige Böschung hoch", denn der Abhang zum Bach war nach tagelangem Regen sehr aufgeweicht. Gut die Hälfte hatte ich geschafft, aber da stand wieder dieser Baum im Weg. Weit ausholen und die Bergböschung hoch. Prima, ich bin vorbei. Aber ich war sehr weit die Böschung hochgefahren und musste nun stark einschlagen, um den Wagen wieder geradeaus zu stellen und plötzlich ging dieser Ruck durch das Auto. Mist.

Das rechte Vorderrad war die Böschung hinunter gerutscht. Wenn ich nun gerade einschlage und Gas gebe, schafft er es vielleicht und die Hinterräder ziehen ihn zurück auf den Weg! Gas, mit Gefühl. Wieder ein leichter Ruck und das Vorderrad hing noch tiefer fest.

Ich fluche über mich selber. Warum musste ich ausgerechnet diesen Wanderweg lang fahren. Warum hatte ich nicht einfach gewartet?

Nun war es zu spät.

Na ja, ich hatte so gesehen ein Heimspiel, denn in der Nähe wohnte ein Bauer, mit dem wir bekannt sind und ich stürmte los zum Hof vom Bauern Franz. Mit seinem Schlepper würde er mich sofort herausziehen können, aber trotz Klingeln und lautem Rufen antwortete mir niemand. Natürlich. Franz feiert Karneval. Und sein Bruder Johannes auch. Niemand zu Hause. Ach wie blöd. In einem Garten sah ich einen alten Mann spazieren gehen.

„Hallo, Entschuldigung, können Sie mir sagen, ob es hier außer Franz noch einen Bauern mit großem Traktor gibt?" wollte ich wissen und kurze Zeit später klingelte ich an einer anderen Türe und fragte um Hilfe. „Andermal vielleicht, heute habe ich schon zu viel getrunken, ich fahre keinen Meter mehr", erklärte er mir und ich stand wieder auf der Strasse. Ein Pkw näherte sich und ich zeigte sofort mit meinem Daumen in Fahrtrichtung. Dieser nette junge Mann hielt auch an und nahm mich mit nach Dürscheid. Plötzlich kam uns ein Traktor entgegen, der wohl bis jetzt beim Rosenmontagszug geholfen hatte. Ich sprang aus dem Pkw, mitten auf die Strasse und hielt diesen Traktor an, erzählte meine Geschichte und Gott sei Dank hatte dieser Bauer ein Einsehen. Ich durfte einsteigen und gemeinsam fuhren wir zurück durch das kleine Dorf, zum Waldweg und bis zu meinem Auto. Es dauerte nicht mehr lange und mein Fahrzeug stand wieder mit allen vier Rädern auf dem Weg und die letzten zweihundert Meter schafften wir auch noch.

Ich war so froh wie schon lange nicht mehr und verbot mir, darüber nachzudenken, dass ich eigentlich schon zwei Stunden früher hätte zu Hause sein können, wenn ich denn gewartet hätte!

Weinberg-schnecke

„Mama, schau mal, was ich gefunden habe!"

Voller Stolz wendete sich meine kleine Tochter an mich. Wir waren dabei, den Kompost umzuwerfen und da stand sie inmitten der Erdhaufen und hielt etwas in ihrer kleinen Hand.

„Schau mal, was für ein großes Schneckenhaus!"

Aufgeregt zeigte sie mir ihr Schneckenhaus.
Üblicherweise hatten wir in unserer Gärtnerei Probleme mit Schnecken, die uns vor allem das junge Gemüse abfraßen, aber meist waren es Nacht- oder Nacktschnecken ohne Häuschen. Manchmal sahen wir auch kleine Schnirkelschnecken, die ihr Häuschen auf dem Rücken trugen, aber davon hatten wir wenige und nun hielt mir meine Tochter ein großes Schneckenhaus in ihrer Hand entgegen.

„Tja, Gesa, das Häuschen ist nicht mehr bewohnt. Schau, es ist kein Tier mehr in dem Häuschen! Die eigentliche Schnecke ist tot und du hast nur ihr Haus gefunden, aber es war eine Weinbergschnecke. Nur Weinbergschnecken haben solch ein großes Schneckenhaus. Und wir haben mehrere hier auf unserem Gelände."

Meine Tochter dachte nach.

„Haben Weinbergschnecken denn einen Namen?"

„Warum fragst du?"
„Auf dem Schneckenhaus steht was drauf. Und weißt du, was?"
„Nein."
„Da steht „BÖRNER" drauf."

Ich war geplättet und musste einen Moment nachdenken. War es möglich? Dann musste ich lachen.

„Zeig her!"

Tatsächlich konnte ich gut das Wort „BÖRNER" auf dem Schneckenhaus erkennen, schwarze Schrift auf dem hellen Schneckenhaus.

„Weißt du was, Gesa? Vor vielen Jahren hatten dein Vater und ich hier hinten hinter dem Rhabarber den Kompost umgesetzt und dabei fanden wir eine Weinbergschnecke. Diese Schnecke ist viel größer als andere Schnecken und sie hat ein großes Schneckenhaus. Und damals fragte ich deinen Papa, ob er glaubte, dass diese Weinbergschnecke wohl hier wohne und lebe und ob es vielleicht noch mehr Weinbergschnecken geben könnte. Und wir haben uns lange darüber unterhalten. Dann war der Papa verschwunden und zurück kehrte er mit einem schwarzen Edding-Stift. Er nahm die Schnecke in die Hand und schrieb ihr mit dem schwarzen Stift unseren Namen „BÖRNER" auf ihr Haus. Noch ein oder zwei Jahre später hatten wir unsere Schnecke mit dem Namenszug gesehen und wir wussten, dass sie bei uns lebte. Aber mehr wussten wir nicht."

„Und ich hab jetzt ihr Haus gefunden."

Der SchwalbenschwanzSchmetterling

„Peeeter!"

Ich hatte so laut geschrien, dass mein Mann im Galopp zu mir gelaufen kam.

„Was ist denn los? Hast du dich verletzt?"
„Oh, sorry, nein. Aber ich muss dir was zeigen. Komm. Guck mal. Hast du so etwas schon mal gesehen?"

Ich stand in unserem Kräuterbeet vor dem Dill und wollte gerade einige Bündchen ernten und da sah ich sie: eine dicke Raupe in hellem Gelbgrün mit schwarzen Streifen, die wiederum mit leuchtend orangen Punkten durchbrochen wurden.

„Schau dir diese Raupe an. Was für leuchtende Farben sie hat! Hast du eine Ahnung, was für ein Falter daraus werden soll?"
„Nein, die kenne ich auch nicht. Die habe ich auch noch nie gesehen, aber so auffallend, wie sie gezeichnet ist, werden wir sie bestimmt in unseren Bestimmungsbüchern finden."

Er hatte Recht. Wir brauchten nicht lange zu suchen, denn es war ganz eindeutig die Raupe des Schwalbenschwanzschmetterlings.

„Das ist ja ein toller Schmetterling. Der sieht ja total klasse aus. Und wenn wir hier eine Raupe haben, dann war er ja bei uns in der Gärtnerei. Aber einen Schwalbenschwanz habe ich noch nie bei uns gesehen."
„Nein, ich auch nicht. Wirklich ein sehr schöner Falter. Aber lies mal, hier steht, dass die Raupen Doldengewächse als Futterpflanzen brauchen. Sie fressen also Möhren, wilde Möhren, Pastinaken, Fenchel und Dill. Deshalb hast du sie am Dill entdeckt."

Wir gingen zurück zu unserem Dill, um die Raupe nochmals zu bewundern.

„Hey, guck mal, da ist noch eine."

Völlig aufgeregt begutachtete ich jetzt die übrigen Dill-Pflanzen und fand noch zwei weitere Raupen.

„Vier Stück! Ist ja irre. Mensch, von diesem Dill dürfen wir ab sofort nichts mehr ernten, damit die Raupen genug zu fressen haben. Ich möchte gern einmal mit dem Finger über solch eine Raupe streichen, nur ganz vorsichtig."
„Das wird ihr bestimmt nicht schaden, wenn du sie nicht drückst."
„Aaah."
„Was ist?"
„Hab ich mich jetzt erschrocken. Gerade als ich sie berühren wollte, kam mir plötzlich etwas Orangenes entgegen. Ich versuch es noch mal und du passt mit auf."

Als ich mit meinem Finger wieder näher kam, konnten wir beobachten, dass mir tatsächlich aus einer Hautfalte im Nacken des Tieres zwei orangefarbene Pfeile entgegen schnellten, um anschließend wieder in dieser Hautfalte zu verschwinden.

„Du hast dich erschrocken und den Finger zurückgezogen. Bestimmt ist das der Versuch der Raupe, den Vogel, der sie fressen möchte, ebenso zu erschrecken, damit er sie verschont und sich andere Beute sucht."

„Das wird es sein. Diese Raupe hat ja auch keine Tarnfarbe sondern eine Warnfarbe. Die Vögel sollen vermutlich denken, dass sie giftig ist oder so und wenn es trotzdem einer wagt, wird er mit den Pfeilen in die Flucht geschlagen. Was für verrückte Ideen die Natur sich ausgedacht hat."

Während Peter nun zurück zu seiner Arbeit ging, musste ich erst noch unsere Fenchelpflanzen untersuchen und ich fand sieben weitere Raupen. Neben jeden Fenchel mit Raupe steckte ich einen langen Bambusstab in die Erde.

„Ich hab noch sieben Fenchel mit Bambusstäben markiert. Da sitzen auch Raupen dran. Bitte nicht diese Fenchel ernten! Ich möchte sie weiter beobachten und vielleicht haben wir nächstes Jahr auch die Schmetterlinge bei uns."

Peter wunderte sich nicht über solche Aktionen von mir. Als ich die ersten zwei Ackerlöwenmäulchen entdeckte, wurden auch sie markiert, damit sie wachsen und sich versamen konnten und mittlerweile fanden wir überall Ackerlöwenmäulchen in der Gärtnerei.

Von nun an führte mich morgens mein erster Gang zu Dill und Fenchel. Die Raupen wurden durchgezählt und wenn ich sie alle entdeckt hatte, war ich beruhigt. Sie wurden dicker und dicker bis ich eines Morgens nur noch drei Stück zählen konnte. Ich musste meinem Mann sofort Bericht erstatten.

„Komisch. Ich weiß ja, dass sie sich verpuppen müssen, aber ich dachte, sie verpuppen sich am Dill und Fenchel und nun sind sie weg."

Später musste ich die Zucchini durchernten und zu meiner großen Freude entdeckte ich eine meiner Raupen an einem dicken Zucchini Stengel.
In der Mittagspause erzählte ich Peter davon.

„Merkwürdig. Jetzt sitzt die Raupe an einer Zucchini. Nachher zeig ich sie dir."

Zuerst aber gab es Mittagessen und hinterher einen Kaffee und wir lasen in Ruhe unsere Zeitung.

„ Mittagspause beendet. Lass uns noch was tun."
„Gut, aber wir schauen noch schnell nach der Raupe."

Schon lief ich voraus zu den Zucchini.

„Mmmh. Ich finde sie nicht mehr. Dabei hatte ich eben gezählt. Sie saß an der fünften Zucchini der ersten Reihe und jetzt ist sie weg." Ich suchte an den Zucchini rechts und links, aber es war keine Raupe zu sehen. Nochmals betrachtete ich die fünfte Zucchini der ersten Reihe und entdeckte eine Schmetterlingspuppe am Zucchini Stengel.

„Das ist ja verrückt. Sie hat sich verpuppt. Hättest du gedacht, dass das so schnell geht – innerhalb von einigen Stunden?"

Am Nachmittag musste ich Tomaten aufbinden und ausgeizen und hatte reichlich Zeit, über die Raupe, die jetzt eine Puppe war, nachzudenken, bis zum Abendessen.

„Peter, die Raupe hat sich einen blöden Platz ausgesucht an der Zucchini."

„Warum?"

„Na ist doch klar. Im Herbst reißen wir die Zucchini raus und werfen sie auf den Kompost. Und im Frühjahr wird der Mist ausgestreut und dann wird der Acker umgepflügt. Das kann die Puppe nicht überleben. Ich habe mir überlegt, dass ich den Zucchini Stengel abschneide und mit der daran hängenden Puppe in ein Glas gebe. Das lasse ich draußen auf der Fensterbank stehen und dann kann im nächsten Jahr der Schmetterling schlüpfen."

Herbst, Winter und Frühjahr kamen. Nichts tat sich in meinem Glas und ich hatte die Puppe schon fast vergessen, bis ich eines Tages Anfang Juli einen Schmetterling im Glas entdeckte. Aber was war das? Seine Flügel waren geknickt.

„Oh Scheiße, Peter, ich bin ein Idiot. Ich habe ein zu kleines Glas genommen und der arme Schmetterling hatte nicht genug Platz, um seine Flügel zum Trocken ganz auszubreiten. Nun sind sie abgeknickt getrocknet und er kann nicht fliegen. Ich könnte mich in den Hintern treten."

Ich war unendlich traurig. Hatte ich es doch so gut gemeint mit den Raupen und dann war mir dieser Fehler unterlaufen. Nichts konnte mich trösten. Und ich dachte natürlich sofort, dass der arme Schmetterling Hunger hat. Er brauchte Nektar. Meine Blumenbeete standen im Juli in voller Pracht und ich ließ den Schmetterling auf meinen Finger krabbeln. So ging ich mit ihm zu meinen Blumen und freute mich sehr, als er seinen Rüssel in Echinacea Blüten steckte und ihn entrollte bis auf den Boden der Blüten. Er trank den Nektar.

Ich setzte ihn auf den Echinacea Strauch mit vielen vielen Blüten und dachte, er würde vielleicht von alleine von Blüte zu Blüte krabbeln. Aber das machte er nicht. Als ich später nach ihm schaute, saß er noch auf derselben Blüte. Ich nahm ihn auf den Finger und trug ihn zur nächsten und nächsten und nächsten Blüte. In jeder freien Minute trug ich ihn herum und er krabbelte bald schnell auf meinen Finger, sobald ich ihn ihm entgegenhielt.

Nachts schlief er in einem großen Gefäß.

Obwohl ich mich sehr bemühte, lag er am Morgen des dritten Tages trotzdem tot auf dem Boden des Glases.

Das einzige, was mich etwas tröstete:

Einige Raupen hatten sich wohl bessere Plätze zum Verpuppen ausgesucht und ich sah drei schöne Schwalbenschwanz Schmetterlinge durch die Gärtnerei flattern und ab diesem Jahr konnte ich mich jeden Sommer an diesen wunderschönen Tieren erfreuen.

Eine Weihnachtsgeschichte

Eigentlich war es ein sehr trauriges Jahr, das Jahr 1962.

Unser Vater war im Januar verstorben, sehr früh, sehr jung, mit gerade mal 39 Jahren.

Unsere Mutter blieb zurück mit drei kleinen Kindern, meinem Bruder mit acht Jahren, mir, ich zählte fünf Lenze und unserer kleinen Schwester, die sechs Wochen vor seinem Tod erst das Licht der Welt erblickt hatte.

Wir Kinder verstanden lange nicht, was passiert war.

Neben etlichen anderen Erinnerungen an diese ersten Monate weiß ich noch, dass meine Mutter immer sehr traurig aussah und viel weinte.

Auch wenn ich noch sehr klein war, verstand ich doch, dass sie wieder lächelte, wenn ich ihr half, die kleine Schwester zu versorgen und so gab ich mir alle Mühe, die ein fünfjähriges Kind sich geben kann.

Ich erinnere mich auch noch, dass öfters Bekannte vorbei schauten und Tüten mit gebrauchter Kleidung brachten für uns Kinder, denn meine Mutter stand fast ein halbes Jahr lang ohne Geld da, bis ihre Rente ausgerechnet und bewilligt war.

Wir wussten nicht um ihre Sorgen, aßen wir doch sowieso am liebsten Zuckerbrot - eine Scheibe Brot mit Margarine bestrichen und Zucker oben drauf und am liebsten gleich noch eine zweite!!!

Das Jahr ging vorüber und die Adventszeit begann.

Damals gab es das noch nicht, dass sich die Hausbesitzer in der Illumination ihrer Besitztümer gegenseitig zu übertreffen versuchten. Statt Häuser, die taghell erstrahlen und die Vögel und Nachbarn nicht schlafen lassen, gab es hier und dort ein Licht im Dunkeln – Weihnachten pur.

Wir wohnten in einer Siedlung am Rande Kölns und in unserer ganzen Siedlung gab es vielleicht fünf Hausbesitzer, die eine Tanne im Vorgarten beleuchtet hatten. Es war damals etwas ganz und gar Ungewöhnliches, denn es grenzte an Verschwendung. Wir Kinder waren jedenfalls völlig begeistert, stand doch eine solch beleuchtete Tanne im Vorgarten unseres Nachbarn und mein Bruder und ich schauten in der Dunkelheit lange aus dem Fenster auf diese Tanne. Immer, wenn einer von uns beiden den Ausblick verlassen hatte, um mal Pippi zu machen, wurde er beim wieder Eintreten ins Zimmer vom Geschwister mit den tollsten Geschichten überrascht: Engel waren vorbei geflogen, den Weihnachtsmann auf seinem von Rentieren gezogenen Schlitten und sogar das Christkind sahen wir abwechselnd!

Unsere Phantasie blühte.

Eines späten Nachmittags überraschte unsere Mutter uns mit der Ankündigung, in die Stadt zu fahren. Es war bereits dunkel, als uns der Bus in die Kölner Innenstadt brachte und unsere Kinderaugen strahlten, als wir die Beleuchtung sahen, die in der Schildergasse zwischen den Häusern gespannt war. Überall funkelten Sterne zwischen den Häusern und wir konnten uns nicht satt sehen. Und auch in den Schaufenstern der Geschäfte leuchteten Sterne und Weihnachtskugeln und alles war festlich geschmückt. Wie im Traum gingen wir neben unserer Mutter die Einkaufsstrasse hinunter bis zu dem großen Spielwarengeschäft. Und dort sahen wir Spielsachen, von denen wir noch nicht einmal geträumt hatten. Unsere Augen wurden immer größer, aber dann blieb mein Blick hängen an Leo. Er war ein Steiff-Löwe, fast so groß wie ich selbst. Er lag einfach da und sah mich an und ich drückte meine Nase platt an der Schaufensterscheibe. Ich konnte mich von seinem Anblick nicht losreißen, obwohl meine Mutter irgendwann drängte, dass wir weiter müssten. Leo. Der oder keiner. Das war`s.

Alle folgenden Tage dachte ich an Leo.

Als wir am Heilig Abend morgens die Treppe herunter kamen, waren Wohn- und Esszimmer verschlossen. Wir frühstückten in der Küche und immer wieder warfen wir einen Blick durch das Schlüsselloch der Wohnzimmertür. Da glitzerte doch was! Wir waren sehr aufgeregt und hatten kaum Hunger auf die Reibekuchen, die es immer mittags an Heilig Abend gab, weil ein Kind nach dem anderen in der Küche seine Reibekuchen essen und anschließend Platz für das nächste machen konnte.

Endlich war es so weit. Ein Glöckchen klingelte und wir stürmten die Treppe hinunter. Wir mussten ein Weihnachtslied singen und dann schloss meine Mutter eine Tür auf. Gesammelt betraten wir das Wohnzimmer …
und da sah ich ihn.
Leo.

Er schaute mich noch genau so an wie vor einigen Wochen durch das Schaufenster.
Nichts sah ich mehr an diesem Abend, nur noch Leo.
Dieser Löwe begleitete mich durch meine Kindertage. Ich schlief mit dem Kopf auf seinen Vorderpfoten, ich erzählte ihm alles,

ich schleppte ihn mit in Urlaub. Leo.

In den folgenden Jahren sammelte ich einen Zoo zusammen. Die Steiff-Tiere bevölkerten mein ganzes Zimmer. Meine Mutter versuchte mehrfach, mir Puppen näher zu bringen, aber sie lagen nach kürzester Zeit in einer Ecke. Die Tiere saßen auf allen Ablagen, Schränken, überall. Aber über allen thronte ER.

Ich wurde älter.

Anstatt Leo hatte ich irgendwann einen Freund, auf dessen „Vorderpfoten" ich einschlief und als ich in meine erste eigene Wohnung zog, blieb Leo zu Hause zurück.

Jahre später erzählte meine Mutter, dass Leo in ihrem Keller im Regal sitze und vielleicht wolle ich ihn doch mitnehmen.

Sie sagte das nicht ohne Grund, denn ich hatte mittlerweile geheiratet und war mit meiner Tochter schwanger. Leo sollte sie auch anschauen und er zog um ins Bergische Land.

Auch meine Tochter spielte mit ihm, aber sie hatte nie die Begeisterung für ihn wie ich.

Wir hatten mittlerweile einen kleinen lebendigen Zoo und die lebenden Tiere waren für Gesa viel interessanter als mein altes Steiff-Tier. So saß Leo irgendwann wieder auf einem Schrank, nein, er thronte immer noch.

Gesa wuchs heran und auch sie hatte das Alter des Spielens irgendwann hinter sich.

Eines Tages entschloss ich mich, Leo zu verkaufen. Er sollte wieder Kinderaugen zum Leuchten bringen.

Meine Schwiegermutter liebte es, mit ihrem Trödel auf Flohmärkte zu gehen und ich übergab ihr Leo mit einigen anderen Steiff-Tieren, die damals mit umgezogen waren. Sie sollte sie auf dem Flohmarkt verkaufen.

Lange passierte nichts, doch eines Tages kehrte sie strahlend vom Flohmarkt zurück.
Sie hatte Leo für 100 DM verkauft und überreichte mir freudig das Geld.

Sollte es so sein. Sollte er ein nettes Kind finden.

Der Herbst ging vorbei, ebenso die Adventszeit und es war wieder Weihnachten.

Mein Mann ging mit Gesa spazieren, um nach dem Christkind zu schauen und ich hatte Zeit, ihre Geschenke unter den Weihnachtsbaum zu legen. Gesa packte alles aus und freute sich sehr. Und dann war die Zeit gekommen, dass wir Eltern unsere kleinen Geschenkchen austauschten.

Mein Mann verschwand aus dem Zimmer und als er zurückkam, hielt er ein großes Paket für mich in den Händen. Ich war völlig verwirrt, war es doch nicht unsere Art, uns Großes zu schenken, aber er ermunterte mich, das Paket auszupacken.

Vorsichtig löste ich das Band vom Paket, öffnete eine Seite und… dann schwanden mir die Sinne!

Da lag er.

LEO.

Meine Augen glänzten wie zu Kinderzeiten.

Lämmer-Kuddelmuddel

Es ist Samstag Morgen, sieben Uhr dreißig. Ich sitze am Tisch und schlürfe meinen Kaffee, während Rolf, mein Mann, schnell eine Runde dreht vorbei an allen unseren Schaf- und Ziegenställen. Unsere Muttertiere tragen schwer an ihren dicken Bäuchen und täglich erwarten wir nun die ersten Lämmer. Gleich müssen wir über den Hof in unseren Verkaufsraum gehen und alles vorbereiten, wenn die Kunden um neun Uhr zum Einkaufen kommen, aber noch genieße ich zehn Minuten Ruhe.

Da stürmt Rolf in die Küche.

„Zwei Zackelschafe haben gelammt," erklärt er mir schon an der Türe. „Eine schwarze Mutter mit Zwillingen, beide kräftig und ok, und eine weiße Mutter mit toten Zwillingen. Beide Lämmchen sehen irgendwie komisch aus."

Vorbei mit der Ruhe. Ich muss sofort nach draußen und sehen, was los ist.

Richtig. Zotti, eine schwarze Mutter, hat schwarze Zwillinge und da liegt Linda, eine weiße Mutter und ihre Lämmer sehen wirklich missgebildet aus und sind tot.

Wir tragen die toten Lämmer aus dem Stall. Da können wir nicht mehr helfen. Noch ein Blick auf die schwarzen Zwillinge mit Mutter und nun müssen wir unseren Verkaufsraum vorbereiten. Während Rolf lossaust, um das frische Brot abzuholen, trage ich die Obst- und Gemüsekisten aus dem Kühlraum auf die Verkaufstheken und drapiere alles ansehnlich. Milch muss in den Kühlschrank gestellt werden und der Käse muss ordentlich in der Käsetheke liegen. Kaum erscheint Rolf wieder auf dem Hof, wird der Brotschrank eingeräumt. Das Brot ist noch warm und verströmt einen betörenden Duft. Meine Verkäuferin trifft ein und hilft mir beim letzten Schliff und schon kommen die ersten Kunden den Weg durch unsere Gärtnerei hinunter zum Verkaufsraum. Bedienen und kleine Späßchen machen steht an, obwohl meine Gedanken bei den Schafen sind. Immer, wenn sich die Verkaufsraumtür öffnet, höre ich ein Schaf blöken und sobald mir der Verkauf etwas Luft lässt, gehe ich zum Stall und schaue nach. Linda blökt- wie mir scheint vor Schmerzen. Zotti hat ein Lämmchen am Euter, aber das andere läuft etwas orientierungslos durch den Stall und stupst alle Schafe an.

„Sie lässt ihr Lamm nicht trinken, nicht wahr", höre ich meinen Mann neben mir.

„Stimmt. Eins nimmt sie an und lässt es trinken, aber das andere stößt sie weg. Wenn es nicht Biestmilch zu trinken bekommt, hat es keine Überlebenschance. Aber Linda macht mir Sorgen. Sie schreit vor Schmerzen. Ich werde den Tierarzt rufen. Obwohl... Vielleicht hat sie keine Schmerzen. Vielleicht sucht sie ihr Lamm. Dass es zwei waren, weiß sie ja nicht."

Ich schaue mir weiter die Tiere an.

„Du, Rolf, das ist doch ganz einfach. Zotti hat zwei und will nur eins und Linda hätte gern ein und hat keins. Wir müssen nur das schwarze Lamm dazu bekommen, bei Linda zu trinken. Halt doch mal die Linda fest!"

Schon waren wir in der großen Schafbox und Rolf hielt das weiße Muttertier fest. Ich musste mir etwas Mühe geben, zwischen all den Schafen das etwas verängstigte schwarze Lamm zu fangen und endlich konnte ich es unter Linda schieben und ihm die Zitze vor das Mäulchen halten.

„Guck mal, Rolf! Es trinkt und wie!"

Begierig saugte das kleine schwarze Lämmi an Lindas Zitze. Linda drehte den Kopf nach hinten, um es zu beschnuppern und mit einem Mal war alles gut.

„Sie hat das Lamm akzeptiert."

Überglücklich standen wir noch einige Zeit dabei, doch dann mussten wir wieder verkaufen gehen.

Als wir das nächste Mal in den Stall schauten, lag Zotti zufrieden mit ihrem schwarzen Lamm im Stroh und gegenüber lag Linda und Zottis zweites schwarzes Lamm kuschelte sich an „seine" Mama.

Weiber-fastnacht 2013

Seit Jahren schon trage ich meine Haare als dreads – äußeres Zeichen meiner Liebe zur Reggae-Musik.

Und ich bin kein Karnevalsfan.

Karneval ist für mich, wenn im Sommer „mein" großes Reggae-Festival stattfindet und ich drei Tage Auszeit vom Hier und Jetzt nehme.

Und ich bin selbständig und damit abhängig von Telefon, Fax und Internet für meinen Betrieb.

Und genau dieser Telefonanschluss funktionierte nicht mehr und dadurch hatte ich auch kein Fax und keinen Internet-Zugang.

Ich war seit zwei Tagen aufgelöst. Störungsmeldungen hatten mich bis jetzt nicht weitergebracht. Alle Diagnosen lagen daneben und endlich hatte ich bei meinem Telephonanbieter jemanden an der Strippe, der mir genau sagte, woran es lag. Die Splitter-Box war defekt. Nun wusste ich es endlich und musste mir bei der Telekom solch eine neue Box besorgen.

Eigentlich kein Problem.

Aber ausgerechnet heute war Weiberfastnacht und die Geschäfte schlossen um 14 Uhr. Und es war bereits 13 Uhr!

Mit Adresse und Telefonnummer des nächstgelegensten Shops in der nächstgelegensten Stadt raste ich mit dem Auto los. Und wenn ich in eine Radarkontrolle käme, ok. Aber ich war völlig nüchtern, an Weiberfastnacht, und so hatte ich keine Angst vor Kontrollen. Unterwegs kündigte ich dem Shop mein Kommen bereits per Handy an in der Hoffnung, dass sie dort vielleicht einen Moment warten würden, sollte ich diesen Laden erst kurz nach 14 Uhr erreichen. Mein ganzes Denken drehte sich um diesen Splitter. Dabei: was für ein merkwürdiger Name für eine Anschlussbox, die den eigentlichen Telefonanschluss regelte und koordinierte. Eigentlich brauchte ich keinen Splitter, sondern ein Ganzes, aber ich hatte mir diesen Namen ja nicht ausgedacht.

Endlich erreichte ich die Stadt und fand einen Parkplatz, stürzte aus meinem Auto und…
wunderte mich.

Seit fast drei Stunden war der Straßenkarneval in vollem Gange und ich war innerlich gar nicht darauf eingestellt. Umso überraschter schaute ich mir all die Bären, Kühe und Lappenclowns an, die die Stadt bevölkerten.

Vor dem Gebäude einer Bank war ein Kölsch-Stand aufgebaut und ich hörte die Leute lachen.

Zwei Herren vor mir hatten sich Schuhe gebastelt, die mich an Stelzen erinnerten und so stelzten sie über die Straße mit roten Perücken auf dem Kopf, doch ihr Lachen klang irgendwie gekünstelt und nicht echt.

Ich hatte aber keine Zeit, länger darüber nachzudenken. Ich musste rechtzeitig zu meinem Splitter und hetzte weiter.

Plötzlich hatte ich drei Wiever hinter mir und da musste ich meinen Schritt verlangsamen. Was sagten die?

„Boooh, guckt mal, was für eine tolle Perücke, guckt mal die Perücke."

Sie meinten mich, schoss es mir durch den Kopf.

Die drei Frauen gingen hinter mir her und ich spürte, wie sie überlegten.

„Nä, die is äscht," ertönte eine Stimme und dann musste ich lachen.

Karneval war bei mir angekommen.
Und den Splitter habe ich dann auch noch rechtzeitig abgeholt.

Unterwegs in Nepal

„Ich möchte bitte einen B-Test kaufen."

Die nepalesische Verkäuferin sah mich fragend an.

„Ja, einen Test, um festzustellen, ob man schwanger ist."
So schlecht war mein Englisch doch gar nicht. Sie musste doch verstehen, was ich wollte. Ich versuchte es noch einmal.

„So etwas gibt es nicht in Kathmandu. So einen Test gibt es nicht in Nepal. Sie können im Krankenhaus einen Test machen lassen. Einen Bluttest und nach zwei Wochen bekommen Sie Bescheid."

Etwas verdattert standen wir wieder auf der Straße.

„Du, die kennen hier keinen B-Test."
„Ja, das scheint mir auch so," antwortete mein Mann. „Komm, wir gehen irgendwo einen Kaffee trinken."
Da saßen wir nun und überlegten.
„Vielleicht liegt es ja doch an der Klimaveränderung, dem anderen Essen oder so."
„Nein, Peter, ich warte jetzt schon bald drei Wochen und ich glaube nicht, dass das eine Klimaveränderung bewirken kann."
„Tja, was sollen wir machen? Sollen wir zurück nach Hause fliegen?"
„Hab ich mich auch schon gefragt. Aber Schwangerschaft ist ja keine Krankheit. Und ich hatte immer vom Dach der Welt ge-

träumt. Jetzt sind wir hier und wollen eigentlich in diesen tollen Bergen wandern. Ich will nicht zurückfliegen. Lass uns zum Dhaulagiri gehen, wie wir es geplant hatten."

Am nächsten Tag nahmen wir einen Bus nach Pokhara, der zweitgrößten Stadt Nepals. Von hier aus starteten die Routen ins Dhaulagiri Gebiet und die ganze Stadt war auf Touristen eingestellt. Es gab viele preiswerte Hotels, denn es gab viele viele Touristen, die meisten junge Leute wie wir, die Nepal wandernd erleben wollten. Wir mussten uns ein Permit kaufen, denn ohne Genehmigung durfte kein Tourist loslaufen und im Hotel konnten wir viele wichtige Papiere, die wir unterwegs nicht brauchen würden, in einem Schließfach aufbewahren. Auch unnötiges Gepäck konnte man gegen eine kleine Gebühr dort verwahren lassen und so waren die Hotels sicher, dass ihre Gäste nach der Wanderung auch wieder ins Hotel zurückkehrten. Unsere Rucksäcke waren um einiges leichter geworden. Andererseits hatten wir uns dicke Daunenjacken geliehen und waren auf Kälte eingestellt, obwohl die Sonne uns hier in der Stadt wärmte und wir nur in T-Shirts rumliefen. Es war Januar. Auch in Nepal ein eher kälterer Monat, aber mit klarer Luft und erst nachmittags aufziehenden Wolken und wir hatten phantastische Aussicht auf den Himalaya.

Ein Bus brachte uns mit vielen anderen Menschen bis ans Ende der Straße. Ab hier ging es nur noch zu Fuß weiter. Es herrschte reges Treiben an der Endhaltestelle. Man konnte sich nochmals eindecken mit Süßigkeiten, Früchten oder auch Zigaretten, alles wurde von fliegenden Händlern angeboten, doch die meisten Touristen schulterten ihre Rucksäcke und folgten einem sehr staubigen Weg. Die Straße wurde weiter gebaut und Baufahrzeuge säumten die ersten Kilometer, bis wir auch sie hinter uns gelassen hatten.

„Peter, schau mal, die alte Frau dort vorne, auch eine Touristin. Sieht aus wie eine Amerikanerin." „Würde ich auch mal tippen mit ihrem vielen Schmuck." „Erstaunlich, dass sie hier unterwegs ist. Sie ist doch bestimmt schon mindestens 70 Jahre alt." Die alte Frau mit dem faltigen Gesicht und einem großen roten Strohhut auf dem Kopf setzte langsam einen Fuß vor den anderen, wurde dabei aber auf einer Seite von einem Nepali gestützt. Auf der anderen Seite stützte sie sich mit ihrem Stock ab. Hinter den beiden ging ein zweiter Nepali, der offensichtlich das Gepäck trug.

„Wenn sie wie wir immer vom Himalaya geträumt hatte, ist das eine großartige Leistung, wenn sie das im Alter noch umsetzt." „Ja, wirklich erstaunlich, aber wer weiß, wie weit sie gehen will. Vielleicht nur bis zum nächsten Dorf!"

In den nächsten vier Wochen waren wir mit den Rucksäcken unterwegs in den Bergen und wir trafen diese alte Frau noch häufiger. Sie hielt durch und setzte weiterhin einen Fuß vor den anderen.

Die Wege im Himalaya hatten wir uns wie Wanderwege in Deutschland vorgestellt, aber weit gefehlt. Es gab zwar immer wieder Strecken, die uns an Wanderwege erinnerten, aber meistens waren es Pfade, die über Stock und Stein führten. Sie führten Berge hinauf und wieder hinunter, wobei sie in den Stein gehauen waren wie Stufen, aber nicht regelmäßig. Manche Stufenabsätze waren 30-40cm hoch und man musste richtig klettern und es kostete viel Kraft. Manchmal querten die Pfade Bäche und wir sprangen oder hüpften von Stein zu Stein, um trockenen Fußes auf die andere Seite zu gelangen. Andermal führten schaukelnde Hängebrücken über die Gebirgsbäche und wir hielten uns mit beiden Händen rechts und links an den Führungsseilen fest, denn die Planken waren oft rutschig oder auch etwas morsch. Es fehlten auch öfters Planken und dann musste man große Schritte bis zur nächsten Planke machen. Einmal führte der glitschige Weg unter einem überhängenden Fels hindurch, sehr schmal und auf der anderen Seite ging es steil den Abgrund hinunter. Der Durchbruch durch den Fels war für Nepali gebaut, so niedrig, dass wir gebückt gehen mussten und dabei drückten wir uns ganz dicht an die Felswand, um dem Abgrund nur nicht zu nahe zu kommen. Einmal gingen wir durch einen verzauberten Wald. Die Bäume waren über und über mit Flechten und Tillandsien bewachsen und schienen lange Bärte zu tragen. Auch der Weg war voller Flechten, die jeden Schritt dämpften und es herrschte eine ganz verwunschene Stimmung in diesem Wald.

Aber wie der Weg auch war wanderten wir doch immer in Begleitung eines phantastischen Bergpanoramas. Da war der Machapuchare, der Fischschwanzberg, der ein bisschen an das Schweizer Matterhorn erinnerte. Die Bergspitze war geformt wie der Schwanz eines Fisches. Und da war der Dhaulagiri, ein Brocken aus Eis und Schnee. Einmal übernachteten wir auf einer Passhöhe auf über 4000m Höhe und am Morgen leuchtete er in zarten Rosa Tönen im Licht der aufgehenden Sonne.

Auf unserem Weg wurden wir andauernd überholt von den Esel- und Muli-Karawanen. Die Wege waren nicht für Touristen in die Berge geschlagen worden, sondern sie stellten die einzige Versorgungsmöglichkeit der Bergdörfer dar. Alles, was in den Dörfern benötigt wurde, musste über diese Wege herangeschafft werden, von Nahrungsmitteln bis hin zu Baumaterialien. Und was die Tiere nicht transportieren konnten, schleppten die Menschen auf ihren Rücken herbei.

„Schau mal, Peter, was ist das denn?" Viele silbrige Punkte blinkten in der Ferne in der Sonne und sahen aus wie große Schmetterlinge. „Ich denke, wir müssen nur abwarten, sie kommen uns entgegen."

Richtig. Etwa eine Stunde später begegneten wir zahllosen Menschen, die große Aluminiumbleche auf ihren Rücken transportierten. „Dass sie keine Angst haben, dass der Wind unterpackt und sie durch die Luft gewirbelt werden mit ihren Blechen," wunderte ich mich.

Irgendwo gab es wohl eine Baustelle, die diese Bleche benötigte und es gab keine andere Transportmöglichkeit.

Jeden Nachmittag begannen wir mit der Suche nach einer Übernachtungsmöglichkeit. Rest houses gab es genug, aber meistens verdienten sie diesen Namen nicht. In den durch Bretter abgetrennten Räumen stand eine ein-Meter breite Pritsche zum Schlafen, ein schmaler Mittelgang und die zweite ein-Meter breite Pritsche. Man konnte gerade die beiden Rucksäcke im Mittelgang unterstellen und sich zum Schlafen hinlegen. Einmal mieteten wir einen Raum, aus dessen Verbretterung alle Astlöcher heraus gefallen waren und durch die nicht mehr vorhandenen offenen Astlöcher konnte man genau beobachten, was der Nachbar gerade machte. Aber wir wurden anspruchslos, waren wir nach einem langen Tagesmarsch ohnehin nur müde und wollten schlafen.

Vorher galt es aber, etwas zu essen zu suchen.

Es gab Restaurants.

Oftmals gaben sich die Besitzer große Mühe, den Raum um die zwei oder drei Tische nett zu dekorieren, aber zu essen gab es immer Reis, manchmal noch Dal, den Linsenbrei dazu.

Einmal wurde uns eine Speisekarte vorgelegt und ich bekam große Augen. Nicht nur meine körperlichen Veränderungen bestätigten mir mittlerweile meine Schwangerschaft. Nein, ich hatte auch Heißhunger auf ein bisschen tierisches Eiweiß. Ich wollte gerne ein Ei essen oder etwas Milch trinken oder Joghurt, egal. Und nun lag diese Speisekarte vor mir. Voller Freude studierte ich die Karte und wählte etwas Ajurvedisches, Gemüse mit Käsesauce und mit knurrendem Magen wartete ich auf das Essen. Es dauerte lange und dann brachte uns der Hausherr: Reis. Er entschuldigte sich, aber die nächste Esel-Karawane würde erst in einer Woche erwartet.

Nach drei Wochen Wanderung rastete ich etwas aus. Die Vorstellung von Gemüse mit Käsesauce hatte mir die Sinne schwinden lassen und ich wollte jetzt etwas Milch trinken oder Käse essen. Wir liefen durch das ganze große Dorf, fragten überall nach Milch, Joghurt, Käse und Eiern und überall gab es nur Kopfschütteln. Die erwartete Karawane war verunglückt, erfuhren wir dann und es gab nur Reis. An diesem einen Tag im sonst so schönen Nepal war ich mit meinen Nerven am Ende und musste heulen. Mittlerweile waren wir jedoch schon auf dem Rückweg unseres Rundwandertrips und nur noch etwa zwei Tage trennten uns von Pokhara, wo es auch wieder Milch geben würde. Mit diesem Gedanken schlief ich ein.

Unsere letzte Übernachtungsmöglichkeit fanden wir bei einer jungen Familie in einem kleinen Dorf. Wie so oft wurden wir gefragt, ob wir verheiratet seien, was wir bejahten und dann wurden wir nach Kindern gefragt. Stolz zeigte ich auf meinen Bauch und die junge Frau lächelte glücklich mit mir. Wir waren die einzigen Gäste und natürlich gab es abends Reis zu essen. Die Familie saß selbst in einer anderen Ecke des Raumes und wir konnten sehen, dass auch sie nur Reis aßen. Immer wieder schauten sie zu uns rüber und ich wartete einen unbeobachteten Moment ab und schob die Hälfte meiner Reisportion auf Peters Teller. Ich konnte keinen Reis mehr sehen und war froh, ihn los zu sein. Wieder einmal hatte die junge Frau zu uns geschaut. Da stand sie auf und kam an unseren Tisch. Aber was war los? Sie hatte ihren Teller mitgebracht. Weil sie meinen leeren Teller gesehen hatte, schob

sie mir die Hälfte von ihrem Reis auf meinen Teller.
„Für das Baby," sagte sie, „du musst essen."

Wir blieben noch einen weiteren Tag im Haus dieser Familie und ich hatte den Reis akzeptiert.

Wir hielten lange Jahre Kontakt mit dieser lieben Familie, bis durch ihren Umzug der Kontakt verloren ging. Gesa aber, meine Tochter erhielt bis dahin jedes Jahr im September eine Geburtstagskarte aus Nepal.

Amerikanische Philosophie

Der Mexikaner wurde wach, weil ein Schatten auf sein Gesicht gefallen war. Als er vorsichtig in die Sonne blinzelte, hörte er bereits die Stimme des Touristen:
„Hey, Mexikaner, was liegst du mittags am Strand und lässt dir die Sonne auf den Bauch scheinen? Warum arbeitest du nicht?"
„Ich bin Fischer. Ich habe schon gearbeitet. Ich bin heute ganz früh rausgefahren und habe einen guten Fang eingebracht und deshalb liege ich in der Sonne und ruhe ich mich aus."
„Mmmmh. Fischer, überleg aber mal. Du könntest doch jetzt wieder rausfahren und einen zweiten Fang einholen."
„Und dann?"
„Tja, dann hättest du bald genug Geld, um dir ein zweites Boot zu kaufen."
„Und dann?"
„Überleg doch mal. Du hättest genug Geld, um Fischer einzustellen und schon bald könntest du eine ganze Flotte von Booten besitzen!"
„Und dann?"
„Mensch, Mexikaner, überleg doch weiter. Dann hättest du bald jede Menge Geld."
„Und dann?"
„Dann, ja dann könntest du dich schon mittags an den Strand legen."

Wir besaßen immer Neufundländer-Hündinnen, obwohl es tatsächlich Mischlinge waren zwischen Neufundländern und Leonbergern, aber der Neufundländer setzte sich immer durch und unsere Hündinnen sahen aus wie Neufundländer-Hündinnen.

Eine Hündin erhielt den Namen „Mira", aber nicht nach dem Mädchennamen, der zeitweise sehr populär war, sondern nach der russischen Raumfahrtstation „Mir". Ich hatte gelesen, dass „Mir" übersetzt „Frieden" bedeutete und dieses Wort schien auf eine Neufundländerhündin nur zu gut zu passen. Also fügte ich ein „a" hinzu, weil es sich um eine Hündin handelte und so entstand der Name Mira. Und Mira machte ihrem Namen alle Ehre. Nie hatten wir vorher oder nachher eine solch wundervolle und friedliche Hündin, die sämtliche Tiere bemutterte. Sie leckte alle Jungtiere sauber, egal ob es Hühner- oder Entenküken, Schaf- oder Ziegenlämmer oder unsere kleinen Ferkel waren. Mira betrachtete sie alle als ihre Kinder und sie bemutterte alle und passte auf alle auf.

Besonders glücklich war ich über ihre Charaktereigenschaften, als unsere Tochter geboren war und unsere Hündin vor dem Kinderwagen lag und aufpasste. Als das Kind zu krabbeln begann und immer wieder zielstrebig auf die Hündin zu krabbelte, konnten wir unbesorgt sein. Mira ließ sich alles gefallen. Ob sie am Fell gezogen wurde oder plötzlich einen Kinderarm im Gesicht hatte war ihr egal. Sie ließ sich alles gefallen. „Mir" war nicht nur ihr Name, sondern es traf genau ihr Wesen und wir waren furchtbar traurig, als sie mit neun Jahren Krebs hatte und eingeschläfert werden musste.

Die nächste Hündin fand ich über ein Zeitungsinserat. Neufundländer-Leonberger Mischling zu verkaufen. Nach über drei Stunden Autofahrt erreichten wir das Dorf, aus dem das Inserat abgeschickt worden war. Wir fanden das Haus und wurden in einen früheren Schweinestall geführt. Dort zeigte man uns die Leonberger-Mutter mit ihren Welpen inmitten von Dreck, Kot und Unrat. Alles kleine Neufundländer-Welpen hatte sie und die sahen armselig aus. Ein Welpe kam direkt auf mich zu und es war sofort klar, dass es dieser sein sollte, auch eine Hündin, wie wir dann feststellten. Auf der Rückfahrt saß ich mit dem kleinen Tierchen hinten auf der Rückbank des Autos und es kuschelte sich während der Fahrt ganz eng an mich. Kein Geräusch kam über seine Lippen, es schien einfach glücklich und zufrieden zu sein und es hatte vom ersten Moment an eine besondere Ausstrahlung auf mich gehabt. So gab ich ihr den Namen „Aura", das Hündchen mit der besonderen Ausstrahlung. Zu Hause stellten wir ganz schnell fest, dass der Durchfall des Tierchens von einer totalen Verwurmung herrührte und wir kämpften drei Monate lang gemeinsam mit unserem Tierarzt gegen die Würmer an. Zu guter Letzt siegten wir und aus unserem kleinen Welpen wurde eine prächtige Hündin. Fast elf Jahre hat sie uns begleitet und wurde von allen geliebt. Als dann die Nieren versagten, ließen wir sie nicht länger leiden, sondern entschließen uns dazu, auch sie einschläfern zu lassen.

Plötzlich standen wir ohne Hund da.

Ein Gefühl der Leere überkam uns.

Kein Futternapf musste mehr gefüllt werden, kein Spaziergang war nötig, keiner, dem wir die Knochen der Koteletts geben konnten. Und keiner zum Schmusen und Kuscheln.

Wir wollten uns einen neuen Hund holen. Aber vielleicht mal einen etwas anderen, trotzdem unseren bisherigen Hündinnen ähnlich. Wir lasen viel und dann stand fest: es sollte ein Landseer sein, ein großer Hund mit Schlappohren und einem ganz friedlichen Wesen, ein Familienhund, der wie unsere bisherigen Hündinnen mit all unseren Tieren harmonisch zusammen leben kann und auch die Kinder unserer Hofkundschaft mag und akzeptiert.

Da wir mittlerweile mit unseren Nutztieren auf die Zucht alter oder vom Aussterben bedrohter Rassen eingeschworen waren, wollten wir nun auch eine Hündin einer selteneren Rasse, mit der wir züchten wollten und der Landseer passte genau in unsere Vorstellung. So lasen wir wiederum viel, sammelten Informationen und schauten uns Welpen an. Aber irgendwie war es nicht das Richtige.

Zufällig erfuhren wir von Züchtern, die vor langer Zeit die Zucht der Landseer begründet hatten und wir wussten sofort, diese Züchter und keine anderen sollten es sein.

Eine Zeit des Wartens begann, bis eine Hündin trächtig wurde und nun schauten wir täglich im Internet nach, ob der Wurf mit unserem Welpen gefallen ist.

Schon völlig eingestimmt auf unsere zukünftige Mitbewohnerin dachten wir über ihren Namen nach. Alle Welpen aus diesem Wurf müssen einen Namen mit dem Anfangsbuchstaben „E" erhalten.

„E" – wie blöd. Da fiel uns gar nichts ein. Höchstens Elli oder Ella oder Erika, aber das sind alles keine guten Hundenamen. Also schaute ich in Google. Bitte Sternennamen oder Namen von Göttinnen mit „E" am Anfang.

Hatte ich mit einer Vielzahl von Vorschlägen gerechnet, wurde ich nun bitter enttäuscht. Unter „E" fand ich fast nichts. Elektra, Ebony und Elva hatte ich mir notiert, aber es riss mich nicht vom Hocker. Nein, diese Vorschläge gefielen mir nicht.

Was tun?

Ich schnappte mir den Duden und schlug das Kapitel auf unter „E", ein abendfüllendes Unterfangen. Ich weiß nun, dass „Echarpe" das französische Wort für Schärpe oder Schal ist und es sich beim „Erlkönig" um eine Sagengestalt handelt, aber einen Namen für unser Hündchen fand ich auch dort nicht.

Der Abend war inzwischen zu einem jungen Morgen geworden, als ich mir den Weltatlas nahm und alles unter „E" durchlas.

Eine unserer Katzen mit einem sandfarbenen Fell wurde nach der Wüstenstadt Nafta benannt und hört auf Naftaline. Vielleicht finde ich also hier einen schönen Namen.

Ich fand Egina, Elisa und Elmina. Aber waren das Hundenamen? Nein, damit konnte ich mich nicht anfreunden.

Und plötzlich dachte ich: es ist doch alles ganz easy.

Ja, das war's. „Easy".

Easy. Ja, so wollen wir sie rufen.
Easy – die Leichtigkeit des Seins!

Liliput – eine Bildergeschichte

„Es wird heute Nacht wieder eisig kalt. Ich gehe noch mal eben im Stall nachschauen, ob alles in Ordnung ist."
„Ja, mach das. Minus 16 Grad sind für diese Nacht angesagt."
Es war bitterkalt und bei solchen Temperaturen habe ich immer ein komisches Gefühl, wenn ich selbst mich abends unter meiner warmen Bettdecke einmummele und gleichzeitig weiß, dass es den Tieren im Stall ziemlich kalt wird. Alle sagen, dass die Tiere ihr dickes Fell haben und ihnen eine trockene Kälte im Stall nichts ausmacht. Trotzdem bin ich immer sehr froh, wenn der Frühling kommt und die kalten Nächte hinter uns liegen.

Mit diesen Gedanken überquerte ich unseren Innenhof. Die Rinder lagen ruhig in ihrem Stroh, wiederkäuend und sahen satt und zufrieden aus. Ich schaute in den Schafstall und ach herrje, Ava hatte gelammt. Zwei Lämmchen lagen im Stroh und sofort musste ich zu ihnen. Die Mama leckte eins trocken, ein gut entwickeltes schönes Lamm. Aber das andere? Ein kleines Etwas lag daneben im Stroh, noch umhüllt von der Fruchtblase und klatschnass. Ich raste los, holte eine Rolle Küchenkrepp und begann das Lämmchen abzureiben. Dabei legte ich es immer wieder der Mama vor, damit sie es auch trocken leckt, aber sie umsorgte nur das andere Lämmchen. Alle meine Versuche scheiterten, sie wollte sich nicht darum kümmern. Es war ihr vielleicht zu klein. Mmmh. Na dann musst du aber was trinken, du kleines Lämmi, dachte ich, hob es hoch und versuchte es bei Mama an den Zitzen anzulegen. Auch dieses Mal hatte ich

Pech. Jedes Mal ging die Mama weg oder versuchte das Kleine mit einem Hinterbein wegzutreten. Der Winzling konnte nicht alleine stehen und ich musste es mit einer Hand hochhalten und mit der anderen versuchte ich ihm eine Zitze ins Mäulchen zu drücken, während ich gleichzeitig die Mama in einer Ecke des Stalls gegen die Wand drückte, damit sie nicht sofort weglaufen konnte. Obwohl es so kalt war, kam ich ins Schwitzen, doch bald gab ich auf. Das Kleine wollte nicht saugen und sobald sie konnte, rannte die Mama weg. Sie nahm es nicht an. Mit dem zweiten Lämmchen gab es kein Problem. Es stand mittlerweile, war trocken geleckt und ich hörte es an Mamas Zitzen saugen.

„Tja, Lämmi, da gibt es nur eine Möglichkeit: du wirst bei uns im Haus wohnen. Wenn ich dich hier draußen lasse, wirst du verhungern und erfrieren", sprach ich das kleine Tierchen an, hob es auf und ging ins Haus. Es waren wirklich nur zwei Hände voll Lämmchen und es zitterte gewaltig.

„Rolf, geh bitte zur Tiefkühltruhe, hol mir einen Beutel von der eingefrorenen Biestmilch und mach sie mir warm, ja? Ich habe ein Pflegekind." Schon war ich mit dem Lämmchen im Bad verschwunden und föhnte es trocken, während ich es gleichzeitig massierte. Mein Mann fragte nicht lange und bald brachte er mir ein Fläschchen mit warmer Milch ins Bad. Das Kleine wusste zuerst nicht recht, was es mit dem Nuck machen sollte, den ich ihm ins Mäulchen schob, doch plötzlich begann es begierig zu saugen.

„Gewonnen! Es trinkt!"

Ich war sehr glücklich. Immer wieder gab ich ihm das Fläschchen und war zufrieden, wenn es trank, auch wenn es anfangs nie mehr als 100ml waren. Nach etwa zwei Stunden hatte es aufgehört zu zittern und lag erschöpft in meinem Wäschekorb.
Die nächsten Tage standen ganz im Zeichen des Lämmchen.

„Dieses kleine Tierchen braucht einen Namen. Ich nenne es Liliput, weil es so ein Winzling ist."

„Netter Name. Dabei hat es sich gut entwickelt und ist schon kräftiger geworden."

„Ja, ich freue mich sehr darüber."

Liliput lief mittlerweile rum und erkundete unsere Küche. Den Katzen war dieses Tierchen anfangs nicht geheuer und sie suchten sich einen anderen Platz, wenn Liliput ihnen zu nahe kam, bis sie sich irgendwann an sie gewöhnt hatten.
Kaya, unsere Hündin, hatte sie sehr schnell ins Herz geschlossen und ließ sie nicht aus den Augen.
Mit 4 Wochen hatte Liliput ihre Zwillingsschwester in Größe und Gewicht eingeholt. Sie ist ein sehr schönes, kräftiges und vor allem selbstbewusstes Lamm geworden.

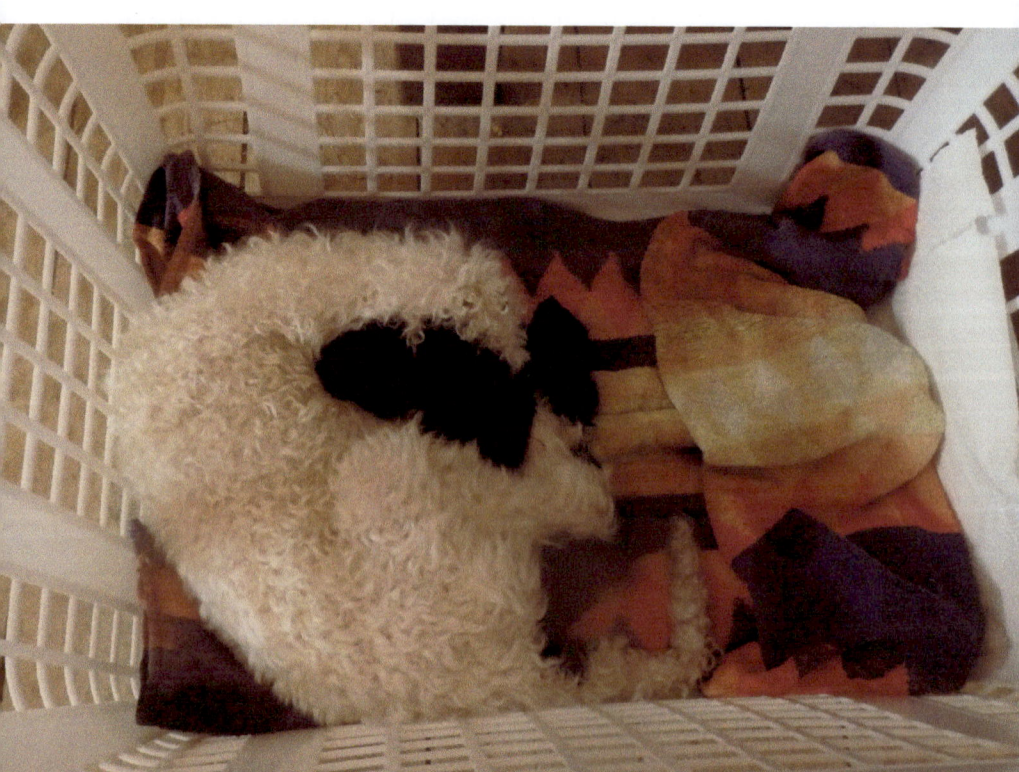

Abendessen im Schlosshotel

„Elli, du siehst zauberhaft aus!"
„Ach Hans, wenn du es mir vor 30 Jahren gesagt hättest, hätte ich dir sofort geglaubt, aber doch heute nicht mehr."

Hans sah vom Steuer des Autos hoch zu ihr hinüber und bemerkte den Anflug von leichter Röte in ihrem Gesicht.

„Doch wirklich, mein Schatz, zauberhaft. Dieses schwarze Kostüm steht dir wirklich gut und du weißt ja, wie sehr ich es an dir mag. Und auch deine Haare sind heute Abend anders."
„Na ja. Ich musste sowieso zum Frisör. Und wenn wir schon einmal im Leben solch einer Einladung folgen, dann gehört doch eine gute Frisur dazu. Aber dass Rieke uns solch ein teures Weihnachtsgeschenk gemacht hat! Ich kann es immer noch nicht glauben."
„Sie wusste eben, wie sehr du dir gewünscht hast, einmal im Leben in Schloss Lerbach zum Essen zu gehen. Nein, falsch, wir werden heute nicht essen sondern dinieren."

Beide lachten, während das Auto langsam auf den Parkplatz einbog.

„Hast du gesehen, dass ich noch extra durch die Waschanlage gefahren bin mit unserem Wagen?"
„Sehr gut. Sonst hätten sie uns bestimmt erklärt, wo der Lieferanteneingang ist."

Ein breiter Kiesweg führte vom Parkplatz durch einen wunderschönen Park zum Eingang des Restaurants.

„Schau mal, Elli, der Weg sieht aus als ob die jeden Kiesel einzeln an seinen Platz geharkt hätten. So ordentlich."
„Und riech mal! Welch ein Kräuterduft liegt in der Luft. Herrlich."

Beschwingt gingen sie durch den Park. Vor der großen Freitreppe verbeugte sich Hans vor Elli.

„Darf ich bitten Madame?"

Elli strahlte. Ja das war immer ihr Traum gewesen. Einen Abend eintauchen in eine andere Welt, eine Welt, zu der sie sonst keinen Zugang hatte, eine Welt des Staunens und Genießens.

„Jetzt bin ich richtig aufgeregt, Hans."
„So soll es sein." Er lächelte.
„Guten Abend die Herrschaften. Möchten Sie ablegen?"

Ein perfekt gekleideter junger Mann strahlte sie an und nahm mit einem Nicken ihre Jacken entgegen.

„Hans, schau mal. Brokat-Tapeten und diese schweren Samtvorhänge überall. Was für ein warmes Rot. Und dieser alte Schrank mit den Schnitzereien."

Elli kam aus dem Staunen nicht mehr heraus.

„Guten Abend meine Dame, guten Abend mein Herr. Darf ich Sie zu einem Tisch führen? Lieber im Salon oder im Wintergarten?"
„Hans, der Salon ist wunderbar. Aber ich würde trotzdem lieber im Wintergarten sitzen, auf unsere Stadt und auf Köln schauen und den Sonnenuntergang erleben. Die Sicht ist so völlig klar heute Abend."

„Wir wählen den Wintergarten."
„Gern. Wenn Sie bitte folgen möchten."

Ein anderer junger Mann ging ihnen nun voraus in den Wintergarten, auch er perfekt gekleidet und strahlend und blieb vor einem Tisch stehen, von dem aus man den gesamten Wintergarten überschauen konnte. Mit einer Verbeugung rückte er die Stühle etwas ab, so dass Elli und Hans sich auf ihre Plätze setzen konnten, entzündete die Kerze auf dem Tisch und verschwand lächelnd.

„Ich bin überwältigt", hauchte Elli. „Diese tollen Pflanzen hier. Palmen und Orchideen und riesige Feigenbäume."
„Dieser Wintergarten ist eben ideal für Pflanzen. Hast du schon einen Blick hinaus geworfen? Man kann nicht nur die ganze Stadt überblicken sondern bis zum Horizont schauen."

Mit einer kleinen Verbeugung näherte sich wieder der Kellner und galant legte er die beiden Speisekarten vor ihnen ab.

„Wissen die Herrschaften schon, was Sie trinken möchten?"
„Ich hätte bitte gern ein Wasser." „Und ich nehme ein Pils."
„Gern, die Herrschaften."
„Komm, lass uns die Speisekarte studieren."

Elli konnte es kaum erwarten und sie vertieften sich in ihre Karten. Hans meldete sich zuerst zu Wort.

„Merkwürdig. Hast du gelesen? Es gibt Fischstäbchen mit Pina Colada oder Milchferkelschnäuzchen. Und wenn dir das nicht schmeckt, kannst du das `Landei gekrönt` ordern. Na, ich weiß nicht."
„Ich habe nur gesehen, dass sie Gänseleber anbieten, bestimmt diese Stopflebern von den armen Gänsen, die man mit einem

Trichter abfüllt, damit die Lebern schön groß werden. Also das will ich ja gar nicht essen. Dass die hier Gänseleber anbieten, das gefällt mir nicht."
„Aber was willst du denn dann essen?"
„Ich weiß nicht, Hans. Ehrlich gesagt, ich weiß gar nicht was mich erwartet, wenn ich lese, dass es `Lechtal Seeforelle, geräuchert in gebundenem Tafelspitzsud und Douglasienkaviar` gibt. Auch wenn du jetzt lachst, ich glaube, ich nehme tatsächlich das `gekrönte Landei mit weißem Trüffel, Spinat und Nussbutter`. Spinat mit Ei habe ich schon immer gemocht."
„Dann versuche es. Ich werde den `Hasenpfeffer mit Eberesche, Flönzkirschen und Ingwer` bestellen. Da kann ich mir auch was drunter vorstellen."

Sie hatten ihre Bestellung aufgegeben und schauten sich wieder im Wintergarten um. Zwei weitere kleine Tische waren besetzt und an einer großen Tafel feierten zehn Menschen offensichtlich ein Familienfest.

„Die müssen was zum Feiern haben oder kannst du dir vorstellen, dass die mit zehn Personen einfach mal so hierhin gehen zum Abendessen? Bei den Preisen?"
„Nein, Elli, ich kann mir nicht vorstellen, dass es für jemand normal ist, immer in solcher Atmosphäre zu essen. Ist dir auch aufgefallen, dass man hier gar nicht normal spricht? Man spricht automatisch irgendwie gedämpft."
„Bestimmt weil der Kellner um die Ecke steht und alles beobachtet. Der hört bestimmt auch genau zu!"

Die Vorspeise war aufgegessen, das Hauptmenü wurde serviert. Die Größe der Portionen ließ reichlich Platz, um das schöne Dekor der Teller zu bewundern. Aber alles war hübsch arrangiert, ein Genuss für das Auge.

„Satt werde ich hier aber nicht Elli."
„Weißt du was Hans? Wenn wir schon so viel Geld bezahlen, dann sollten wir jeweils einen kleinen Happen tauschen. So weiß ich, wie der Hasenpfeffer schmeckt und du kannst auch mein Landei probieren."
„Gute Idee, meine Liebe."

Elli halbierte gekonnt ihr Landei und Hans sortierte Hasenpfeffer und Gemüse für seine Frau auf eine Tellerhälfte.

„Schieb mal deinen Teller rüber."

Sie tauschten und beide ließen sich nun beide Gerichte schmecken.

„Hast du gesehen, dass der Kellner hinter der Ecke alles genau beobachtet hat?" wollte Elli wissen.
„Mmh, ja, aber egal. Bei den Preisen kann man doch wohl verstehen, dass jeder gern auch das andere Gericht probieren möchte, oder?"
„Die Kombination der Zutaten ist schon verrückt. Da muss man erst einmal draufkommen."
„Stimmt. Aber bitte gewöhn dir zu Hause nicht an auch so zu kochen. Dann werde ich immer hungrig aufstehen müssen!"

Nach einem süßen Abschluss verlangten sie nach der Rechnung. Der Ober brachte sie auf einem goldenen Tellerchen und Hans legte zwei große Scheine darauf.

Als das Tellerchen mit dem Wechselgeld wieder zu ihnen zurückkam, bemerkten sie das Kärtchen, das neben dem Geld lag:

BITTE BEEHREN SIE UNS NICHT WIEDER

„Diese verdammten Wühlmäuse! Sie fressen unser Gemüse und es ist ihnen egal, wovon wir leben sollen."

Wir führten im dritten Jahr eine Bioland-Gemüsegärtnerei und versuchten, von dem Erlös unseres selbst gezogenen Gemüses unseren Lebensunterhalt zu bestreiten und nun fraßen uns die Mäuse die Ernte auf. Ich hatte mich gerade gewundert, warum der Porree so schlapp aussah und hatte mir eine Stange ansehen wollen, da hielt ich sie direkt in der Hand. Die Wurzeln waren abgefressen. Kein Wunder, dass er so schlapp aussah ohne Wurzeln!

„Du hast ja Recht. Und im Endiviensalat sind sie auch. Aber schimpfen allein hilft uns nicht weiter."
„Aber was wollen wir machen? Tatenlos daneben stehen?"
Peter, mein Mann, zuckte mit den Schultern. „Ich weiß es auch noch nicht."

Einige Tage später besuchten uns Freunde und wir besprachen unsere Probleme mit ihnen.

„Also, ihr müsst überlegen, welche Feinde die Mäuse haben. Ich könnte mir vorstellen, dass euch eine Eule helfen könnte. Ihr müsst sie nur hierhin locken."

Anselm war Mitglied in einem Naturschutzverein und versprach, sich für uns zu erkundigen. Lange ließ er nicht mit einer Antwort auf sich warten.

„Wir haben im Verein Leute, die Eulennistkästen bauen und solch einen müsst ihr bei euch aufhängen. Wenn ihr die Kosten des Materials tragt, könnte der Herr Schmidt euch einen Nistkasten zusammenzimmern."

Wunderbar. Das war ja mal eine tolle Idee. Und natürlich gaben wir den Bau eines Nistkastens direkt in Auftrag.

Es wurde frühes Frühjahr, bis Herr Schmidt mit seinem Nistkasten zu uns kam und ein geeigneter Platz war auch schnell gefunden. Unser landwirtschaftlicher Schuppen grenzte nach hinten an den Wald. Wir schnitten ein Loch in die Außenwand des Giebels an unserem Holzschuppen und genau dahinter nach innen wurde der Nistkasten angebracht. Die Eule konnte das Loch in der Wand anfliegen und dahinter war genau der Eingang zu ihrem neuen Zuhause.

„Das sieht jetzt alles sehr gut aus nur fehlt euch jetzt noch die Eule", erklärte uns Herr Schmidt, „aber ihr habt Glück, denn es ist noch früh im Jahr. Die Eulen beginnen mit der Balz und deshalb habe ich euch eine Kassette mitgebracht mit dem Balzruf der Waldohreule. Ihr müsst die Eulen anlocken und ich schlage euch vor, diese Kassette so laut wie möglich abzuspielen, um sie anzulocken. Aber ihr müsst vorsichtig sein. Ein Eulenweibchen wird angelockt von dem Balzruf des Männchens auf der Kassette und das soll so sein. Aber wenn ein Männchen das hört, wird es auch angelockt und denkt, hier ist ein anderes Männchen, ein Nebenbuhler, und es wird angreifen. Ihr müsst damit rechnen, dass das Männchen den Kassettenrecorder attackiert, aus dem der Balzruf ertönt und ihr müsst auch damit rechnen, dass es euch angreift, wenn ihr daneben steht. Aber ihr habt ja hier dieses alte Plumpsklo stehen. Ich rate euch, euch in dieses Herzhäuschen zurückzuziehen, um von der Eule nicht angegriffen zu werden. Und nun viel Glück!"

Wir bedankten uns sehr bei Herrn Schmidt und nun lag es an mir, unser Glück zu versuchen.

Jeden Abend, wenn die Dämmerung hereinbrach, legte ich die Kassette ein und ließ sie mit voller Lautstärke ablaufen, während ich mit Herzklopfen in unserem Herzhäuschen stand und durch das Herzchen schaute, um zu sehen, ob sich draußen etwas tat. Dummerweise war die Kassette nach einer knappen Minute abgelaufen und ich musste das Band jeweils zurückspulen und neu starten. Abend für Abend ließ ich das Band mindestens 30 – 40 Mal laufen und lange passierte nichts, aber dafür überkam mich, sobald ich mein sicheres Häuschen verließ, ein mulmiges Gefühl und ich rechnete immer mit einer Eulenattacke.

Wieder einmal spulte ich die Kassette zurück, aber was war das? Im letzten Tageslicht flog eine Eule über meinen Kopf hinweg und ich sah, dass sie ihre Flügel unter dem Bauch zusammenschlug. Es hörte sich an, als ob jemand ganz laut ein Buch zusammenklappen würde.

Gebannt starrte ich der Eule hinterher. Eine war jedenfalls schon mal hier und ich freute mich sehr. Es funktionierte mit dem Anlocken! Aber dieses Flügelklatschen gab mir laut Internet noch keine Auskunft darüber, ob es ein Männchen oder ein Weibchen war, da beide Geschlechter dieses Flügelklatschen während der Flugbalz zeigen. Ab sofort ließ ich meine Kassette noch öfters abspulen und wartete gespannt in meinem Herzhäuschen.

Zwei Tage später das übliche Procedere. Ich beobachtete aus meiner Deckung heraus die Umgebung. Der Balzruf erschallte wie immer in voller Lautstärke. Und da waren doch andere Geräusche! Ich konnte nicht anders, ich musste meinen sicheren Platz verlassen und schauen, was Sache war.

Der Wald erstreckte sich nach Westen und zwischen den Stämmen der Bäume erkannte ich im Licht der untergehenden Sonne eine auf dem Boden sitzende Eule. Aber da waren noch zwei! Dies mussten Männchen sein, denn die Geräusche rührten her von dem Kampf, den diese beiden Männchen miteinander führten. Ich sah Federn durch die Luft fliegen und es ging wohl heftig zur Sache. Ich erkannte Flügelschlagen und sah, dass sich zwei Tiere immer wieder aufeinander stürzten und endlich gab einer klein bei und suchte das Weite. Im letzten Tageslicht sah ich einen Vogel davonfliegen.

Nie hätte ich damit gerechnet, dass die Balzrufe von meiner Kassette Revierkämpfe auslösen würden!

Ich hatte auch keinen Kampf provozieren wollen, aber dazu war es durch die Kassette gekommen. Immerhin wusste ich nun, dass ein Männchen übrig geblieben war im Kampf um das Weibchen, welches abseits wohl alles beobachtet hatte.

Was würde nun geschehen?

Ich beobachtete genau die Umgebung und vor allem unseren Nistkasten, aber es tat sich nichts und dann wurde mir klar, dass das Eulenpaar sich nicht unseren Nistkasten ausgesucht hatte. Vielleicht lag es an unseren vier Katzen, die uns auch bei der Mäusebekämpfung halfen?

Luftlinie etwa zehn Meter entfernt von unserem Schuppen stand eine sehr große Fichte, in deren Spitze sich ein altes Elsternnest befand. Die Eulen hatten sich dieses alte Elsternnest als Brutplatz ausgesucht, denn irgendwann bemerkte ich, wie die Eulen von und zu der Fichte flogen. Sie hatten gebrütet! Und es waren wohl junge Eulen geschlüpft! Überglücklich hatte ich diese Fichte im Visier und das Eulenpaar flog fast „im Minutentakt" dieses alte Nest an, um die Jungtiere zu füttern.

„Die jungen Eulen nennt man Nestlinge, weil sie noch im Nest sitzen. Sie schlüpfen auch nicht zur selben Zeit, sondern im Abstand von Tagen und alle haben unterschiedliche Größen. Irgendwann verlassen sie, eins nach dem anderen das Nest und können noch nicht richtig fliegen, sondern hüpfen mehr oder weniger auf die Äste der umstehenden Bäume und dann nennen wir sie Ästlinge", erklärte mir mein Tierarzt, als ich ihm die Geschichte erzählt hatte.

Er hatte Recht.

Irgendwann entdeckte ich ein Jungtier in einer Eiche, deren Äste die Fichte touchierten und letztendlich saßen vier Jungtiere in den Eichen und wurden von den Elterntieren mit Futter versorgt. Jeweils in der Abenddämmerung sah ich ein geschäftiges Kommen und Gehen der Elterntiere und immer gab es Mäuse. Die Ästlinge wanderten weiter von Baum zu Baum und lange noch konnte ich sie beobachten, aber irgendwann war der Zeitpunkt gekommen und sie flogen davon.

Ob wir weniger Mäuse in der Gärtnerei hatten als vorher, weil uns die Eulen geholfen hatten oder ob unsere Katzen einfach immer besser wurden im Fangen der Mäuse oder ich immer öfter Mäuse in meinen Fallen erlegte, kann ich nicht beurteilen.

Aber es war für mich eine spannende Zeit, die Eulen so nah beobachten und erleben zu können und ich habe wieder ein Stück Natur verstehen dürfen.